ROMANS POPULAIRES A 20 CENTIMES

Le Roc-aux-Moines

PAR

FLORENCE O'NOLL

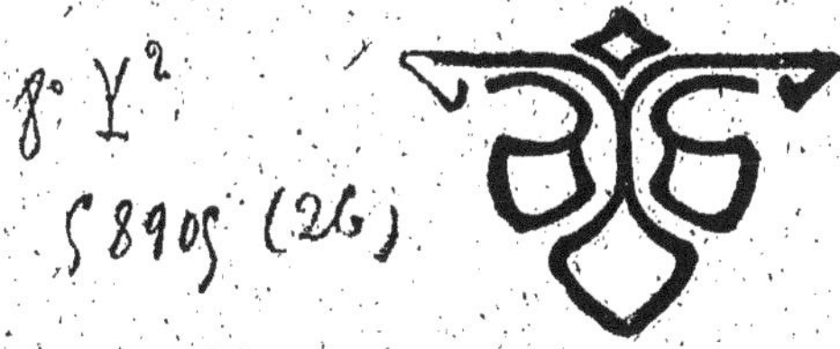

PARIS, 5, rue Bayard, PARIS

Le Roc-aux-Moines

PREMIÈRE PARTIE

AU PAYS DES « GRATTE-CIEL »

I

La plus fiévreuse activité règne dans les bureaux de rédaction de l'*Evening-News*.

Il est 5 heures ; le moment le plus important de la journée dans l'immense ruche où s'élabore le grand journal new-yorkais.

Les reporters ont revisé leurs dernières *copies* et, sans perdre une minute en inutiles flâneries, se remettent à une tâche nouvelle ou s'apprêtent à repartir pour préparer celle du lendemain.

Les chefs de rédaction jettent le coup d'œil suprême sur leurs *épreuves* avant de les munir du « bon à tirer » et de les jeter ensuite dans les corbeilles des *boys* qui les remettront à l'imprimerie installée dans les sous-sols et d'où l'*Evening-News* sortira ce soir frais et pimpant pour être vendu, par les petits crieurs de journaux, aux quatre coins de l'immense cité.

Les salles de rédaction sont confortables et spacieuses. Le parquet est bien ciré ; les murs sont recouverts d'une peinture laquée vert pâle parfaitement entretenue, et chaque rédacteur ou employé possède en propre un de ces bureaux pratiques de chêne clair verni, appelés en Europe « américains » et sur chacun desquels est posée une petite machine à écrire d'un dernier modèle léger et peu encombrant.

Les bruits de la rue : cris, roulements de voitures, sonnettes des *cars*, montent se mêler aux bruits des grands bureaux, au cliquetis des machines à écrire, aux appels, aux sonneries de téléphone.

Puis, petit à petit, le brouhaha s'apaise ; les salles se vident peu à peu les unes après les autres, et l'activité qui ne s'éteint jamais dans la ville monstrueuse se réfugie maintenant aux étages inférieurs.

Dans l'une des salles de rédaction, séparée en deux dans toute sa longueur par une cloison vitrée, deux femmes achèvent leurs préparatifs de départ.

Bien que d'extérieur complètement différent, elles représentent assez bien le type de la *reporteress ;* sorte d'être indéfini, sans âge, vêtu d'un costume qui emprunte à celui des deux sexes quelques attributs.

Elles partent ensemble, et, à la sortie de l'ascenseur qui les dépose à la porte de la rue, se séparent après un vigoureux *shakehand.*

Il ne reste plus dans la seconde partie du bureau vitré que la rédactrice en chef de la « Page Féminine » de l'*Evening-News*.

Ce bureau est plus élégant que les autres. Une moquette couvre le parquet ; de belles cartes d'Europe et des États-Unis, un plan de New-York et de Brooklyn couvrent les murs, et un grand buste de marbre de la *Gioconda* est placé devant la glace de la cheminée.

Une femme est là, penchée sur une feuille imprimée.

Mais est-ce une femme, est-ce une fillette, cette petite forme mince serrée dans un fourreau de serge bleu foncé décolleté sur une guimpe de guipure blanche ?

Les lampes électriques jettent une lumière crue sur une tête ronde aux bandeaux bouffants, dont le blond cendré s'argente sous la lueur vive sur un petit visage pâle aux traits menus, un peu effacés, mais que deux yeux gris bleu, brillants d'intelligence, animent d'un inoubliable éclat.

Puis le front se relève ; les mains fines et blanches aux gestes précis plient les imprimés, rangent les feuillets épars dans leurs casiers divers, les stylographes, les crayons multicolores sur leurs étroits plateaux laqués : tout est en ordre pour le travail du lendemain.

Sylvette de Lange étend ses mains devant elle, s'appuie contre le dossier de son fauteuil et dit à demi-voix, dans un soupir las :

— Ouf ! Je n'en puis plus. Après tout, c'est une tâche d'homme ; une femme n'est pas taillée pour cela.

Depuis quelques minutes, un homme, entré sans bruit, la contemplait en silence, debout près de la porte.

En entendant ces derniers mots, il sourit et s'avança auprès du bureau de la jeune fille.

— Eh bien ! Miss de Lange, et vos théories féministes, qu'en faites-vous ?

Sylvette se redressa et sourit à son tour.

— Vous savez parfaitement à quoi vous en tenir sur mon féminisme, Mr Smith, dit-elle en plaisantant. Nous avons assez souvent discuté ensemble pour que vous soyez fixé. J'ajouterai seulement que je reconnais chaque jour davantage qu'une femme est, à mon avis, rarement douée d'une force physique suffisante pour remplir exactement, sans fatigue ni surmenage, la même tâche qu'un homme.

Un sourire amusé erra de nouveau sur les lèvres rasées de Mr Smith, et ses yeux glissèrent de la petite forme frêle assise devant lui au bureau voisin, derrière la cloison vitrée.

— Si toutes les suffragettes pensaient comme vous, dit-il, les hommes seraient tous féministes..... En attendant, vous êtes lasse, dites-vous. Vous remplissez cependant bien votre tâche. Nous le disions encore tout à l'heure avec mes collègues. Jamais notre Page Féminine n'a été aussi artistique ni aussi intéressante que depuis que vous la dirigez..... Mais..... si cette tâche est au-dessus de vos forces, pourquoi la continuer ? Ne savez-vous pas qu'il ne tient qu'à vous d'être une des femmes les plus choyées de New-York ?

Il acheva ces mots d'une voix un peu tremblante.

Mr Smith, l'homme énergique par excellence, qui par sa seule volonté de fer et son travail acharné avait successivement gravi tous les degrés de l'échelle du succès pour arriver, à la force de l'âge, à être l'un des très riches propriétaires de l'*Evening-News*, n'était plus, devant cette femme-enfant, que le plus timide des jeunes gens.

Sylvette se leva et posa doucement sa main fine sur le bras de son compagnon.

— Chut ! dit-elle en souriant, c'est un sujet interdit. Rappelez-vous nos conventions. Je sais, Mr Smith, que votre femme sera heureuse et honorée, et que vous trouverez bientôt autour de vous celle qui vous convient sous tous rapports, beaucoup mieux que la pauvre Sylvette, aux idées baroques et indépendantes. Je sais aussi que vous serez toujours pour moi le plus dévoué des camarades et mon meilleur ami.

Elle ouvrit un placard dissimulé dans la boiserie, y prit son manteau, son chapeau, qu'elle mit devant la glace, et, tendant la main au directeur, elle lui souhaita une bonne soirée en ajoutant :

— Je me sauve dîner bien vite, ma journée n'est pas finie ; il me faut encore assister, ce soir, à la lecture de Rachel Gold. J'en ai promis pour demain soir le compte rendu à la *Review*.

Et elle gagna l'ascenseur de son pas glissant et pressé.

II

La cohue et le bruit indescriptibles des rues de l'immense cité, bruit et cohue qui, unis aux notes différentes de toutes les langues de la tour de Babel, plongent l'étranger dans un si extraordinaire étonnement, enveloppèrent Sylvette à sa sortie du journal.

La jeune fille ne parut en éprouver aucun embarras.

De son même pas glissant et pressé, la petite silhouette menue se dirigea dans la foule vers la plus prochaine station de *tram-cars*.

En Europe, à Paris surtout, le passant qui l'aurait croisée n'eût pas manqué de faire cette réflexion : « Voilà une Américaine ! » Mais ici, parmi la foule affairée, celui qui aurait eu le temps de regarder autour de lui pour un examen rapide se serait dit certainement : « C'est une Européenne. »

A la vérité, Sylvette de Lange, née d'un père français et d'une mère anglaise, élevée à Paris jusqu'à l'âge de six ans, puis en Amérique, qu'elle n'avait plus quittée jusqu'à ses vingt-quatre ans qu'elle venait d'atteindre, Sylvette présentait nettement les caractères des deux races si différentes auxquelles elle appartenait.

Petite, gracile, d'une élégance discrète, elle avait dans sa démarche, dans ses gestes, dans l'expression des traits menus, un air de volonté tenace, d'énergie indomptable, jamais rencontré en France sous cette apparence physique.

En deux mots, c'était une petite marquise de Trianon élevée en *business-woman.*

Malgré l'affluence, Sylvette n'eut pas longtemps à attendre une place dans un des *cars* se succédant sans relâche à toute minute.

Elle s'assit à l'intérieur, intéressée malgré l'habitude à ce mouvement fiévreux, à ce spectacle sans cesse renouvelé de gens affairés dont quelques-uns offraient des types intéressants à étudier pour la journaliste, l'observatrice aiguë qu'elle ne cessait d'être à aucun instant du jour.

Car, malgré sa jeunesse, depuis trois ans Sylvette écrivait des articles recherchés déjà des revues féminines, et c'était son seul talent juvénile et original qui lui avait ouvert d'emblée les portes de l'*Evening-News* où elle était depuis près d'un an, responsable de la grande page uniquement consacrée à la partie féministe et littéraire, critiques et variétés.

Le *car* filait à toute allure dans les rues cependant encombrées de véhicules de toutes sortes, s'arrêtait à chaque minute pour laisser monter ou descendre les voyageurs qui se renouvelaient sans cesse. A chaque arrêt, un véritable envahissement de gamins prenait le tram d'assaut.

C'étaient les petits vendeurs de journaux dont quelques-uns atteignaient tout au plus leur septième année.

Ils se glissaient comme des anguilles parmi les voyageurs, en criant de leur voix perçante les journaux du soir.

— Achetez l'*Evening-Herald*, *the Post*, l'*Evening-News*, prenez l'*Evening-News*, voilà l'*Evening-News*.

Les journaux étaient distribués promptement, les petits vendeurs rendaient la monnaie d'une main preste, puis disparaissaient tout à coup, se faufilaient entre les jambes des grands voyageurs pour se jeter de nouveau dans un autre *car* venant en sens inverse.

Un écrivain français a dit en parlant d'eux : « Devant leur air entendu, on est tenté d'interroger ces précoces hommes d'affaires sur les bénéfices de leur commerce et le profit qu'ils peuvent en tirer. »

Et c'est vrai. Les moins bien doués se font cireurs de bottes, une autre profession laissée aux enfants.

Ceux-ci, les petits vendeurs de journaux, ont presque tous des figures intelligentes et avisées, et combien parmi les célébrités américaines d'aujourd'hui, combien, à commencer par Edison, ont débuté ainsi !

Tout en poursuivant ses réflexions et ses observations, Sylvette arriva devant sa porte et descendit du tram.

L'ascenseur la conduisit au dixième étage d'une maison moderne et pratique.

Le terrain se paye, à New-York, au poids des dollars, et les architectes créent des merveilles d'ingéniosité pour tirer le meilleur parti possible de la place mesurée, et le loyer du plus petit appartement confortable atteint des proportions inconnues des habitants des villes européennes.

III

L'appartement où pénètre Sylvette se compose de trois pièces, d'une cuisine et d'une salle de bains.

Les deux chambres à coucher sont petites, mais, sans être très grande non plus, la pièce principale est si bien installée qu'elle paraît presque vaste.

Une fenêtre-balcon, large et profonde, laisse entrer autant de jour et de soleil qu'il est possible dans la ville des « gratte-ciel ».

Les quatre coins de la salle ont une attribution différente.

De nombreux rayons chargés de livres, au-dessus d'une banquette d'angle devant laquelle se trouve un guéridon, indiquent la bibliothèque.

En face, on reconnaît le salon au sofa et aux profonds fauteuils garnis de coussins.

De l'autre côté de la fenêtre se trouve un grand bureau carré supportant un casier à cartons verts, des piles de gros livres, des instruments d'optique, de longues feuilles de papier couvertes de chiffres et de signes cabalistiques, des compas, et enfin le quatrième angle est occupé par une table où, pour l'instant, un couvert élégant et simple attend les convives.

A l'entrée de la jeune fille, un homme d'un certain âge, qui lisait sous la lampe, se lève vivement, et une servante paraît, portant un plateau chargé de plats fumants qu'elle dépose sur la table prête, puis souhaite un rapide bonsoir et disparaît.

Les domestiques se font en Amérique, à New-York surtout, de plus en plus rares, et heureuses s'estiment les maîtresses de maison de condition moyenne qui peuvent s'assurer le service sérieux et régulier d'une femme de journée. Et encore, ce service ne comprend-il pas certains travaux jugés déshonorants.

Le blanchissage, par exemple, est l'ouvrage des Chinois, et pour rien au monde un domestique ne consentirait à cirer les chaussures.

Cette besogne est réservée exclusivement aux gamins qui étalent leurs caisses et leurs brosses au coin des rues, ou aux très jeunes gens qui ouvrent une boutique plus ou moins élégante dans laquelle hommes et femmes vont, à toute heure du jour, au milieu d'une course, faire remettre en état leurs chaussures.

Chaque matin, Sylvette s'asseyait, comme ses concitoyennes, sur une des hautes chaises placées en rang le long d'une de ces boutiques longues et étroites qu'elle rencontrait sur son chemin et où un gamin accroupi à ses pieds se mettait en devoir de faire reluire du plus bel éclat, en quelques minutes, sa petite chaussure.

Donc, après avoir déposé le plateau sur la table, la femme

de ménage de Sylvette avait disparu pour ne revenir que le lendemain.

La jeune fille s'assit en face de son père et se mit à servir le thé, accompagnateur indispensable de tout dîner américain.

— Tu sors, ce soir ? dit M. de Lange.

— Oui, père ; Miss Green vient me prendre à 8 heures, en automobile. Nous allons ensemble à la lecture de Rachel Gold. Venez avec nous.

— Non, pas ce soir.

— Je regrette de vous laisser seul, père chéri, mais je dois donner demain un compte rendu à la *Review*. On dit ces lectures de Shakespeare fort intéressantes. Rachel est, paraît-il, incomparable. On n'a jamais vu cela depuis Fanny Kemble. Pourquoi ne venez-vous pas ?

— Je préfère, ce soir, ma tranquillité.

Quelque chose de changé dans la voix de son père frappa Sylvette, qui se pencha sous l'abat-jour pour l'examiner plus attentivement.

— Qu'y a-t-il, papa ? fit-elle.

M. de Lange repoussa la demi-tranche de rosbif saignant qui restait dans son assiette et prit une mince tartine beurrée avec sa tasse de thé,

— J'ai reçu des nouvelles qui vont te surprendre et sans doute te contrarier, fit-il seulement.

— Des nouvelles ? Lesquelles ?

— De Bourg-Saint-Mathieu. Je vais être obligé de partir sans retard..... dans quelques jours, pour la France.

— Qu'y a-t-il ?

— Mon ami, le Dr Pierre, est mort ; ma présence est indispensable..... urgente, au Roc-aux-Moines.

Sylvette, repoussant son assiette à son tour, se leva pour s'approcher de son père.

— Au Roc-aux-Moines ! répéta-t-elle, pour longtemps ?

— Je le crains..... je le crois..... Le Dr Pierre était chargé de mes intérêts là-bas. Lui mort, personne ne peut le remplacer.

— O père, partons, partons tout de suite ! Si vous saviez comme je serais heureuse de partir !

M. de Lange se tourna vers sa fille pour la regarder bien en face.

— Sylvette, dit-il, tu connais mon désir..... Je ne dirai pas ma *volonté*, car toi seule est maîtresse de ta vie..... Mais si, un jour ou l'autre, tu dois suivre la voie commune et quitter ton vieux père pour fonder un foyer, que ce soit ici, dans ce pays devenu le tien !

Une expression de peine passa sur le visage de la jeune fille.

— Père, fit-elle, pourquoi tenez-vous tant à vous séparer de moi ?

— Me séparer de toi !

— Mais oui ; votre rêve, je le sais bien, est d'aller vivre au Roc-aux-Moines, et vous voulez me marier ici !

Le père tressaillit visiblement.

— Je ne *veux* pas te marier, reprit-il avec vivacité. Je pense qu'il vaudrait mieux pour toi vivre ici..... Je recule à l'idée de t'ensevelir avec moi dans un village du fond des Vosges..... Mais, dans le fond de mon cœur, je désire te garder toujours près de moi ; je désire que tu y trouves ton bonheur.

— Faut-il donc vous répéter encore que mon seul désir est de vous soigner toujours, en conservant ma liberté ? Faut-il vous rappeler à combien de reprises j'ai refusé de me marier ? Ce soir encore, j'ai, une fois de plus, fermé la bouche à Mr Smith, qui était prêt à m'offrir, pour la troisième ou quatrième fois peut-être, son cœur et sa bourse.

— Tu ne regretterais rien, ici ?..... Pense que tu quitterais cette vie active pour tomber tout d'un coup au fond d'un désert de tristes sapins, enfoui sous la neige plus de six mois de l'année. Tu abandonnerais le confort raffiné auquel tu es habituée pour vivre douze mois par an au fond d'un antique prieuré presque en ruines, sans autre compagnie que ton vieux père et une servante..... dans le voisinage d'un couple de serviteurs en retraite..... âgés, malades et originaux..... que l'on ne voit jamais.

— Oui, je sais tout cela, je vous y ai déjà répondu bien des fois. Je rêve de repos, de campagne, de grand air et d'espace, et il me semble que des êtres intelligents peuvent se créer partout une existence agréable et intéressante s'ils savent tirer assez de ressources d'eux-mêmes. J'aurai mes livres, mon travail, car si nous nous établissons en Europe, je suis assurée de conserver ma collaboration hebdomadaire à la *Review*. J'enverrai, de temps à autre, quelques articles à *l'Evening-News*. J'aurai des promenades, des pauvres et..... père chéri..... pourquoi ne me permettriez-vous pas de partager vos soucis ?

— Mes soucis ?..... Mes soucis viennent de propriétés....., d'affaires un peu embrouillées..... de biens difficiles à gérer, dont le Dr Pierre savait se débrouiller..... et que je ne veux plus confier à personne.

— Eh bien ! nous partirons avec joie tous les deux. Vous, heureux de revoir votre cher pays ; moi, heureuse de le connaître.

Sylvette embrassa son père qui la pressa contre lui avec attendrissement, puis, se relevant bien vite :

— Et Miss Green qui va arriver, dit-elle, et je ne serai pas prête ! Je cours changer de robe.

IV

Quand, un quart d'heure plus tard, la petite silhouette vêtue de surah bleu foncé à grands ramages blancs eut disparu derrière la porte, M. de Lange se leva et, poussant un profond soupir, se mit à arpenter la salle de long en large d'un air préoccupé. Après quelques instants d'une promenade silencieuse, il ouvrit une porte et pénétra dans la chambre de sa fille.

La lumière d'une ampoule électrique suspendue au plafond tomba sur une table de travail couverte de livres et de papiers.

Des rayons chargés de volumes aux reliures sérieuses faisaient face à une petite armoire de chêne sculpté, au panneau central formé d'une glace longue, et, dans un coin, le lit étroit de cuivre doré était recouvert de taffetas d'un vert ancien, d'une nuance morte, pareille à celle des rideaux dont se drapait la fenêtre.

Seules quelques roses jaunes, trois superbes « gloires de Dijon » qui s'épanouissaient dans une flûte de cristal, mettaient une note féminine dans l'ensemble sérieux.

M. de Lange fit le tour de la petite pièce, puis s'assit dans le grand fauteuil de cuir fauve placé devant le bureau.

De larges feuilles blanches, d'autres couvertes de lignes serrées, s'étalaient sur la table.

Le père prit, un à un, quelques volumes placés à portée de la main : des dictionnaires ; quelques ouvrages anglais, français et allemands : *Corinne*, un volume de *la Légende des Siècles*, une brochure de Lenôtre, *la Captivité et la mort de Marie-Antoinette*, dont les pages annotées en anglais prouvaient l'intérêt de la lectrice pour cette époque de notre histoire ; un volume de Tennyson, un poème de Schiller, puis trois ouvrages de Franz Müller, dont les pages indiquaient une lecture fréquente.

M. de Lange parcourut longuement plusieurs passages de chacun de ces trois derniers volumes où l'auteur décrit, dans un style élégant et sonore, la vie de son pays, raconte les vieilles légendes lorraines ou chante l'intense poésie et la beauté sauvage des forêts noires et des « ballons » roux.

De nombreuses « coupures », les derniers numéros des journaux où Sylvette écrivait s'amoncelaient sous un presse-papier.

Le père relut plusieurs articles sur les sujets variés que traitait la *Review* ou la Page Féminine de l'*Evening-News* : actualités, modes, critiques, etc., bien écrits, d'un style élégant et simple comme leur auteur, dont quelques-uns même étaient remarquables, surtout ceux où Sylvette rendait compte des œuvres de plusieurs de ses concitoyennes entièrement dévouées à la classe ouvrière.

La patiente énergie, l'effort continu de ces femmes généreuses font des merveilles et parviennent à adoucir la terrible misère du pays des dollars, à inspirer confiance à des êtres aigris ou ensauvagés et à les aider à se suffire et à se relever en rendant, le plus possible, leur misérable travail attrayant et leur vie agréable.

Plus d'une heure passa ainsi en lectures et en réflexions

silencieuses. Puis M. de Lange se leva et dit en jetant autour de lui un dernier regard satisfait :

— J'avais tort de m'inquiéter ; c'est une de Lange dans l'âme, les Pambrey sont vaincus !..... Partons donc..... Mais mieux vaut, peut-être, ne rien lui dire encore..... Après tout, la maison est assez grande pour les contenir toutes les deux sans qu'elle s'en doute, et le hasard est souvent un bon conseiller..... Laissons-le agir.....

Puis il rentra de nouveau dans la grande salle et fut bientôt plongé dans les livres et les calculs qui absorbaient la plus grande partie du temps qu'il ne passait pas au club de la Société astronomique, dont le Français Xavier de Lange était l'un des membres les plus distingués.

V

Un peu après 11 heures, Sylvette descendit devant sa porte de l'automobile de l'amie qui la ramenait et, sautant dans l'ascenseur, fut bientôt dans le petit appartement où elle trouva son père absorbé dans sa lecture.

Pour le vieux savant, ces quelques heures avaient passé comme des minutes.

Quand, un quart d'heure plus tard, Sylvette se retrouva seule dans sa chambre, elle se laissa tomber dans le fauteuil placé devant son bureau et appuya sa tête au dossier, d'un air lassé.

Après cinq minutes d'immobilité, les yeux fermés, elle se redressa, prit à son tour l'un des volumes de Franz Müller, feuilletés par son père quelques heures plus tôt et parcourut plusieurs pages avec attention.

— Comment hésiter une seconde ! murmura-t-elle enfin en reposant le livre. Ici, l'existence brûlée, le travail à outrance sans une minute pour se sentir vivre ; le labeur égoïste ne permettant pas de disposer d'une seconde pour voir vivre les autres et les aider, peut-être, autrement que par l'abandon facile de quelques maigres dollars. Une vie active, intellectuelle, certes, mais qui est surtout la chasse à l'argent dans la cohue qui se le dispute, avec, pour idéal, un étroit coin de ciel. Là-bas, le repos..... Enfin !..... Le grand repos dans un travail aimé fait à loisir et seulement aux heures où la plume se place d'elle-même entre les doigts..... Les promenades à petits pas dans la vraie campagne où, sans lever la tête, on peut voir le ciel de tous côtés ; dans votre beau pays, Franz Müller, que vous m'avez fait si bien connaître. L'hiver, de longues lectures devant la flamme des bûches d'une immense cheminée, et de bonnes grandes nuits où l'on peut dormir..... Ah ! dormir..... Plus de travail nocturne où le cerveau s'use, plus de journées de dix-huit heures où la tête s'en va..... Une vie large avec, sans doute, le quart de ce que nous dépensons ici, et donner le reste. Oh ! oui, surtout, surtout, se donner soi-même ; pouvoir, dans un cercle étroit, soulager plus facilement. Bourg-Saint-Mathieu, un village de deux mille âmes à peine, je crois..... Cela doit être le paradis terrestre.

Elle se leva, enleva sa robe, prit dans un placard dissimulé dans la muraille un long peignoir blanc de laine douce, et ouvrit la fenêtre où elle s'appuya.

A cette hauteur, et dans ce quartier un peu éloigné du centre, la vue s'étendait assez loin, c'est-à-dire que la haute maison moderne de douze étages dominait d'autres maisons plus petites et anciennes, appelées à disparaître prochainement comme leurs voisines déjà démolies pour faire place à de nouveaux « gratte-ciel ».

Sylvette leva d'abord la tête et contempla un long moment quelques étoiles un peu voilées, visibles dans l'étroit espace de ciel.

Puis son regard tomba sur une place qu'il connaissait bien pour s'y reporter ainsi chaque soir, c'est-à-dire sur de nombreuses fenêtres éclairées dans les vieilles maisons dont la façade donnait sur une petite rue voisine.

Plusieurs de ces fenêtres à guillotine étaient ouvertes ; d'autres, dépourvues de rideaux, permettaient de distinguer quelques silhouettes dans la clarté de la chambre.

C'étaient des travailleurs pauvres dont la tâche du jour n'était sans doute pas terminée ou qui, rentrés de la fabrique ou de l'atelier, reprenaient une autre besogne. Travailleurs et travailleuses sérieux, ignorant le cabaret ou le club.

Sylvette regarda longuement, une à une, les fenêtres claires, puis ses yeux se relevèrent de nouveau vers les petites étoiles voilées, à demi éclipsées par la clarté aveuglante de l'immense cité, et elle murmura :

— O Christ ! Je ne sais pas te bien prier, mais de toute mon âme je crois en toi et j'apprendrai peut-être un jour à m'agenouiller souvent avec ferveur comme les petites Lorraines de Franz Müller..... Toi qui as tant aimé les pauvres, aie pitié de tous ceux qui souffrent..... Il y en a tant !..... Il y en a tant !..... De toute mon âme, je te prie pour eux.

Elevée dans un milieu protestant par un père indifférent, bien que baptisée catholique romaine, la jeune fille pratiquait sa religion d'une manière assez vague, se contentant de la communion pascale et d'une messe basse le dimanche quand les exigences de son métier lui permettaient de se rendre à la chapelle catholique, très éloignée.

Et c'était déjà très beau que, dans le milieu où elle vivait, dans le tourbillon de la chasse aux dollars, comme elle disait, elle eût pu conserver à peu près intacte la foi dans son Eglise.

Chaque soir elle faisait ainsi, à la fenêtre, sa prière originale, qui, dans sa simplicité, devait monter tout droit au cœur de Dieu ; mais, cette fois, elle resta plus longtemps que d'habitude, et tant que les pauvres travailleurs harassés continuèrent leur tâche de misère, Sylvette pria pour eux dans l'ombre.

DEUXIÈME PARTIE

« FRANCE LA DOULCE »

I

La messe matinale venait de finir et quelques dames sortaient ensemble de l'église de Bourg-Saint-Mathieu. C'étaient des habituées de la messe de 6 heures : quelques vieilles filles ; la présidente des Enfants de Marie ; une dame veuve, fondatrice de l'œuvre du *Vestiaire*, la femme du notaire, etc.

Comme d'habitude, ces dames s'arrêtèrent en petits groupes sur la Grand'Place pour échanger quelques bonjours, et bien que ce fût lundi, jour où elles ne s'attardaient pas à cause du marché qui s'installait déjà, les conversations se prolongèrent dans les groupes resserrés.

— Alors, c'est décidément ce matin qu'ils arrivent ? dit Mlle Rose, la présidente de la confrérie.

— Oui, j'ai vu la Marguitte hier soir, après les Vêpres. Le vieux James était venu la prévenir qu'il avait reçu une dépêche de Paris. Il allait aux Haubières retenir une voiture chez le loueur, pour ce matin. Ils ont dû arriver par le train de 4 heures, et la voiture ne tardera pas à passer, ajouta Mme Aubry, la femme du notaire.

— Les avez-vous connus ? dit une voix sympathique, celle de la veuve du capitaine Humblot, installée depuis quelques années seulement au Bourg-Saint-Mathieu, où elle s'occupait activement de bonnes œuvres.

— J'ai connu un peu Xavier de Lange dans son enfance, répondit Mme Aubry. Il est à peu près de l'âge de mon mari ; mais, depuis son départ pour le collège, il n'a pour ainsi dire jamais habité le Roc. Il y est revenu pendant une semaine, voilà près de vingt-cinq ans, je crois, car je me souviens que c'était peu après la naissance de Bernard, mais il n'a vu personne, si ce n'est le Dr Pierre, son ami.

— Je n'aime pas les mystères, fit une vieille fille anguleuse, aux cheveux collés.

Sa voix était sèche et sifflante et semblait sortir comme une lame d'acier des lèvres minces placées toutes droites sous un long nez pointu.

— Mon Dieu ! peut-être n'y a-t-il dans tout cela pas autant de mystères que l'on en prête. J'ai vu plusieurs fois le bon Dr Pierre hausser les épaules quand on y faisait allusion devant lui, reprit la voix conciliante de la veuve. Il m'a dit lui-même que l'on faisait beaucoup trop d'histoires dans le pays autour de cette pauvre servante maniaque recueillie et gardée au Roc-aux-Moines.

Un roulement de voiture, de l'autre côté de la place, un

mouvement de curiosité parmi les paysannes qui déballaient leur marchandise, interrompirent la conversation.

Chargé de deux malles plates et de sacs de voyage, un landau de louage s'avançait au trot de ses deux chevaux, car l'omnibus qui faisait deux fois par jour le service entre Bourg-Saint-Mathieu et les Haubières, la station la plus proche, n'allait pas à ce train matinal.

Deux personnes : un homme enveloppé d'un macfarlane marron et une jeune fille voilée étaient au fond de la voiture.

Sur le siège, auprès du cocher, le vieux domestique anglais était assis, les bras croisés.

Tout le monde regardait avec une curiosité intense, et un grand murmure courait sur la place :

— Les châtelains du Roc-aux-Moines..... Les châtelains du Roc-aux-Moines !

— C'est la Marguitte qui va les servir ? reprit enfin Mme Humblot.

— Oui, répondit la femme du notaire. Le vieux James est allé demander à M. le curé de lui trouver une servante pour le Roc.

— A M. le curé ? Quelle idée ! fit de nouveau la voix sifflante de Mlle Clémence, dont le nom ne s'alliait décidément pas avec l'expression de la physionomie. Le bonhomme n'est-il pas Juif..... ou pire ?

— Il est protestant comme ceux de son pays puisqu'il est Anglais, fit Mme Aubry, et depuis vingt-cinq ans qu'il habite le Roc il a toujours été en excellents termes avec M. le curé, qui lui a proposé la Marguitte.

Mais l'heure passait. Les ménagères arrivaient, le panier au bras, et, malgré l'intérêt qu'éveillait l'événement du jour, il fallait penser aux provisions.

Ces dames se séparèrent donc pour se diriger à leur tour, quelques minutes plus tard, vers le marché, affaire capitale pour les ménagères de Bourg-Saint-Mathieu.

. . . .
. . . .

II

La voiture a dépassé les dernières maisons du bourg.

Presque tout de suite, un chemin étroit se détache, à gauche, de la route nationale pour escalader en lacets une montagne de rochers qui émergent, çà et là, sous les sapins.

Sylvette a relevé son voile et regarde de tous ses yeux le paysage inconnu en aspirant à pleins poumons l'air embaumé de résine que dégage la forêt proche.

Puis, à un dernier détour de la route, le rideau de sapins se déchire et le Roc-aux-Moines apparaît.

Sylvette jette un regard sur son père ; il est très pâle.

M. de Lange a été silencieux tout le temps de la route, et sa fille a respecté son silence, tout en jouissant elle-même de cette promenade matinale sur le chemin tournant, encaissé parfois entre deux montagnes couvertes de sapins, entre lesquelles la Mouzotte heurte les roches en grondant.

Maintenant c'est le vieux logis qui se dresse devant Sylvette.

Non, il ne répond pas du tout à l'idée qu'elle s'en était faite.

Jamais la petite Américaine n'a vu de près des pierres noircies ainsi par les siècles et sur lesquelles le lierre s'agrippe comme pour les maintenir pour l'éternité.

Des photographies d'Europe lui ont bien montré parfois des souvenirs du passé, mais elle n'en a jamais vu dans la réalité dégager un tel charme poétique sous le soleil du matin.

Et cette jolie vieille chose va devenir son *home* !.....

La jeune fille saute de voiture avec enthousiasme et s'avance vers une porte basse percée dans une tourelle.

Sur le seuil se tient une femme d'un certain âge, le coin de son tablier relevé.

M. de Lange s'avance à son tour, tandis que James décharge les malles, aidé du cocher.

Le père et la fille disent quelques mots de bienvenue à la Marguitte qui multiplie les révérences, et, après avoir traversé un petit vestibule, pénètrent dans une pièce dallée, étroite et longue, dont les trois larges fenêtres grillées sont garnies de vitraux coloriés.

Deux couverts sont disposés sur une table de chêne placée au milieu de la salle, devant une monumentale cheminée où, l'hiver, d'énormes troncs d'arbres peuvent brûler sans gêne.

M. de Lange jette un regard autour de la pièce : sur les murs aux boiseries de chêne noircies par les ans ; sur les deux vaisseliers sculptés.

— Ma fille, dit-il au bout d'un instant, te voilà dans la maison de tes ancêtres..... Cette vieille bicoque est dans la famille depuis plus de deux cents ans..... Puisses-tu y être heureuse !

Sylvette s'avance vers lui et lui tend la main.

— Certainement, j'y serai heureuse auprès de vous, père. Il me tarde de connaître toutes ces belles vieilles choses.

— Déjeunons d'abord ; je vois que nous sommes servis, puis nous visiterons la maison.

Marguitte a posé sur la nappe de toile unie une cafetière fumante et des œufs à la coque à côté d'une jatte de crème et d'un beurrier ; puis elle se retire discrètement.

Après la nuit passée en chemin de fer et le trajet matinal en voiture, les voyageurs font honneur au petit déjeuner.

Puis M. de Lange précède sa fille dans une pièce carrée faisant suite à la salle à manger et meublée de quelques fauteuils de vieille tapisserie et d'une bibliothèque.

— C'était le salon, dit-il. Je vois encore ma grand'mère tricoter près de cette fenêtre, et mon grand-père lire ici, dans ce fauteuil..... Je n'avais plus mes parents, ce sont eux qui m'ont élevé..... Je les ai quittés à douze ans pour le collège ; ils sont morts tous deux peu après, et je ne suis plus revenu..... qu'une fois..... pour quelques jours, il y a vingt-quatre ans.

La pièce aux tentures fanées exhalait une odeur de renfermé, de moisissure, comme toutes les chambres des vieux logis inhabités, et les fenêtres, assombries par le feuillage touffu d'un énorme marronnier tout proche, ne laissaient passer qu'un jour verdâtre sans le moindre rayon de soleil.

Sylvette ne disait rien, mais tout ce qu'elle voyait lui semblait tellement étrange, était si différent de tout ce qu'elle avait vu jusque-là, qu'elle s'imaginait vivre un rêve.

M. de Lange ouvrait des portes, traversait des corridors dallés où la même odeur d'humidité se retrouvait partout.

De l'autre côté de la maison se trouvaient la cuisine et l'office, deux grandes pièces carrées pleines de lumière où, dans l'une d'elles, la Marguitte trônait.

Puis un escalier de pierre, assez large et clair, montait en tournant dans une tourelle ronde.

Quatre grandes pièces, la répétition de celles du rez-de-chaussée, s'ouvraient sur le corridor, d'un côté de l'escalier.

De l'autre côté de la tourelle, un nouveau corridor, très long et éclairé de quatre grandes fenêtres, longeait un second corps de logis où se trouvaient des pièces plus petites.

M. de Lange ouvrait chaque porte des chambres dont, seules, les quatre grandes de l'aile principale étaient meublées.

Les autres contenaient à peine quelques sièges, et les tapisseries des murs, rongées par les mites, se détachaient par places et pendaient lamentablement.

M. de Lange arriva à la dernière pièce qu'il ouvrit comme les autres.

Celle-ci, un peu plus vaste que les précédentes, était meublée en chambre à coucher et toute prête à recevoir un hôte.

— Je m'installe ici, dit le père de Sylvette. James a tout préparé pour moi.

— Mais cette partie de la maison n'est-elle pas plus humide que l'autre ? dit la jeune fille.

— Non. Tout est à l'abandon pour l'instant, naturellement, mais nous arrangerons cela. Je ferai mon cabinet de travail de la pièce voisine qui communique avec celle-ci et je me trouverai dans le paradis à côté de notre petit appartement de New-York. Regarde comme je serai bien pour voir les étoiles.

Il ouvrit la fenêtre toute grande, et la jeune fille ne put retenir un cri d'admiration.

La maison dominait la vallée, au-dessus d'un rocher presque à pic de ce côté.

A droite, au delà de la route, coulait la Mouzotte dont on pouvait suivre le cours au milieu des prairies vertes.

Puis un horizon de montagnes bleues, du bleu noir des

Vosges dont les cimes rondes se dessinaient nettement sur le ciel doré du matin.

Au-dessus et de tous côtés : le ciel.

La solitude semblait parfaite, comme elle devait être au temps reculé des moines qui avaient bâti le prieuré sur le roc sauvage.

Sylvette sortit dans le corridor pour contempler le panorama de ce côté du logis.

Mais la vue était bornée par les rochers à mi-hauteur desquels la maison était construite.

Une cour assombrie par les sapins poussés entre les roches était bordée, à droite, par un corps de logis que Sylvette, ne s'orientant pas tout d'abord, crut être celui des premières chambres.

A gauche, un mur de pierres blanches, paraissant être d'une construction récente, allait de la tourelle à la vieille muraille noircie qui s'élevait au bas des rochers.

— Je vais maintenant te conduire chez toi, dit M. de Lange en rejoignant sa fille. J'ai écrit à James de te préparer l'appartement de ma grand'mère.

Il reprit, en sens inverse, le chemin parcouru, passa devant l'escalier et entra dans le second corridor au fond duquel il ouvrit une porte.

C'était celle d'une pièce carrée située évidemment au-dessus du salon du rez-de-chaussée.

Elle était mieux meublée que le reste du logis, avec un beau lit Empire d'acajou massif dont les cariatides de bronze vert étaient reproduites sur le secrétaire, sur l'armoire et aux quatre pieds de la table ronde du même style.

Des rideaux de lampas jaune, assez bien conservés, garnissaient les fenêtres et les portes, et un grand tapis feuille morte couvrait le parquet.

Sylvette remercia son père, mais ne put s'empêcher d'ajouter d'un air étonné :

— N'auriez-vous pas été plus confortablement installé dans cette partie de la maison ?

— Non, je préfère reprendre ma chambre d'enfant, j'y serai plus tranquille. Tu n'auras pas peur, j'imagine ?

— Peur ! Et de quoi donc ? Des voleurs ? Je pense que les portes ferment avec ces verrous plus gros que mon bras ; du reste, nous saurons nous garder. Des revenants ? J'ai toujours rêvé d'habiter une maison hantée. Quels beaux sujets de *copie* j'y glanerai pour mes journaux.

Un rire frais et clair s'égrena dans la chambre et courut tout le long du vieux corridor.

— Bien. J'espère, cependant, qu'aucun esprit ne revient ici. Quant aux voleurs, il n'y a rien à craindre ; jamais on n'entend parler de rien dans le pays, où les maisons isolées sont cependant nombreuses dans la montagne. Puis, comme tu dis, les portes ferment et nous saurons nous garder. La servante couchera ici, en face, de l'autre côté du couloir ; mais tu peux, si bon te semble, t'installer dans la galerie voisine.

Sylvette s'avança de quelques pas dans la pièce longue, de mêmes dimensions que la grande salle du rez-de-chaussée, et, frappant des mains dans un élan d'enthousiasme :

— Marguitte restera dans sa chambre, s'écria-t-elle. Je m'installerai ici un merveilleux *studio*.

III

Non, décidément, ce pays ne ressemblait absolument en rien à l'Amérique.

Sylvette s'en était aperçue dès le premier abord et elle s'en rendait compte chaque jour de plus en plus.

Passer ainsi, en une semaine, de la vie facile de la grande cité yankee dans un petit village des Vosges, à une vingtaine de kilomètres de la gare la plus proche, c'était, pour ainsi dire, être rejetée subitement de la civilisation la plus intense en pleine vie du moyen âge.

Les premiers moments de découvertes enthousiastes passés, le revers de la médaille apparut.

Si les moines architectes du vieux prieuré avaient su choisir pour le lieu de leur retraite un site merveilleux ; s'ils avaient pu placer, presque au sommet du roc sauvage, cette forteresse inaccessible de trois côtés et y construire pierre à pierre des salles spacieuses et des tours élégantes, en revanche ils ignoraient totalement ce qu'on est convenu d'appeler le *confort moderne*.

Sylvette eut beau parcourir en tous sens la partie habitable du vieux logis, elle n'y découvrit pas la moindre salle de bains.

L'eau manquait presque dans la vieille demeure. Seule une pompe poussive amenait sur l'évier de la cuisine une eau claire et glacée qu'elle tirait, Dieu sait de quelles profondeurs ! et les modernes habitants du Roc pouvaient bénir les vieux moines qui, au prix de prodigieux efforts de patience, avaient pu creuser dans la cour un puits s'alimentant, disait-on, dans la Mouzotte.

De ces tours de force la jeune fille se rendait compte, mais cela ne l'empêchait pas d'apprécier plus vivement qu'elle ne l'avait encore jamais fait les modernes canalisations d'eau.

Nous ne suivrons pas les nouveaux arrivés dans les mille péripéties d'une installation ; mais, un mois plus tard, une fée semblait avoir transformé, de sa baguette magique, le vieux Roc-aux-Moines.

A l'extérieur, le premier corps de logis s'était dégagé, grâce à la disparition du marronnier géant qui l'étouffait.

Le soleil, maintenant, réchauffait les vieux murs et séchait l'humidité des grandes pièces, qu'il n'avait plus visitées pendant si longtemps.

Le lierre grimpait toujours sur la tour du centre et sur l'aile droite, mais n'obstruait plus les fenêtres, et les grandes dalles de la cour étaient débarrassées des herbes folles sous lesquelles elles disparaissaient jadis.

A l'intérieur, le changement était encore plus complet.

La lumière entrait librement par les trois fenêtres de la salle à manger et, se colorant en passant à travers les vitraux, venait poser les tons d'une palette merveilleuse sur les boiseries séculaires, sur les vieux bahuts de chêne sculpté entourés maintenant des fauteuils de tapisserie pris au salon voisin.

Celui-ci était méconnaissable. Sylvette y avait installé la

salle de New-York aux destinations multiples, et rien n'était plus frappant que ce contraste des deux pièces voisines et cependant séparées par trois siècles de distance.

A l'étage supérieur, le même effet était reproduit en sens inverse.

La chambre Empire demeurait intacte ; mais, dans la galerie voisine (le *studio*, comme disait Sylvette), la jeune fille avait placé son grand bureau, sa bibliothèque, des fauteuils profonds de cuir fauve, la table de sa machine à écrire, une chaise longue.

Un paravent coupait la pièce dans sa longueur, et devant l'une des fenêtres un chevalet était placé.

Toutes les croisées, de ce côté, donnaient sur la vallée.

Au pied du Roc, les toits du bourg étaient tout proches, groupés autour du clocher dont on avait l'illusion de pouvoir saisir le coq doré, et, quand l'Angélus sonnait, les notes claires semblaient s'égrener dans les chambres.

M. de Lange avait suivi sa première idée, il s'était installé dans la dernière pièce de l'aile droite, et son cabinet de travail occupait la salle voisine.

Il passait la plus grande partie de ses journées dans cet appartement, et sa fille ne le voyait guère qu'à l'heure des repas.

Du reste, absorbée par l'installation pour laquelle son père lui avait laissé carte blanche, la jeune fille ne souffrait pas de sa solitude.

Elle travaillait sans relâche, l'œil à tout, surveillant les ouvriers, activant les travaux, désireuse d'être le plus vite possible *at home* pour commencer sa vie nouvelle.

A part une visite d'arrivée faite au curé de Bourg-Saint-Mathieu, le père et la fille n'avaient encore vu personne.

M. de Lange avait exprimé le désir de vivre là comme à New-York, dans la plus indépendante solitude, et Sylvette n'avait pas l'intention de se créer des relations nombreuses, sachant bien qu'avec son père, son travail, la promenade, la lecture et les pauvres, elle avait largement de quoi employer son activité.

IV

— Tu sors, fillette ?

— Oui, père ; je vais au Vestiaire ; c'est le jour de travail pour les pauvres.

M. de Lange rentrait d'une promenade solitaire, un livre sous le bras.

Ainsi en pleine lumière, il paraissait très vieilli.

Sa fille le regarda avec attention et fut frappée, pour la première fois, du changement qui s'était opéré chez lui depuis six semaines qu'ils étaient arrivés.

Toute à l'organisation de sa nouvelle existence, son père passant ses journées à l'écart, enfermé dans son cabinet, elle n'avait pas remarqué ce changement.

— Vous ne souffrez pas, père ? dit-elle, vous êtes pâle.....

— Non, je ne souffre pas, mais cette promenade dans la montagne dont je n'ai plus l'habitude m'a fatigué. Je suis allé jusqu'aux Grands-Etangs, et je suis las.

— Marguitte va étendre la chaise longue ici, à l'ombre ; vous vous y installerez, et je vais vous faire du thé.

— Non, va-t'en à tes affaires, puisque Marguitte est là.

— A l'avenir nous sortirons ensemble, mon cher père, et je veillerai à ce que vous ne vous fatiguiez pas.

— C'est déjà assez d'être venue t'enfermer avec moi dans ce cloître ; il te faut d'autres distractions qu'une promenade avec un vieux bonhomme comme moi.

Sylvette protesta avec chaleur.

Son père n'avait jamais été très tendre pour elle. Il était froid, réservé, et s'était toujours tenu à l'écart avec ses livres et ses mystérieuses paperasses dans lesquelles il semblait trouver un inépuisable intérêt ; mais, depuis quelque temps, il semblait tenir davantage encore à sa solitude.

Elle n'insista pas pour rester, appela Marguitte, lui donna quelques ordres et prit le sentier étroit qui conduisait directement, en quelques minutes, au bas de la côte, sur la route où commençaient les premières maisons du bourg.

Vêtue d'une robe de tussor écru, elle paraissait une fillette.

La semaine précédente, son père l'avait conduite chez Mme Aubry, qui s'était chargée de présenter la jeune fille à la société de la petite ville et, sur la demande de Sylvette, l'avait mise en relation avec Mme Humblot.

Voilà pourquoi elle se hâtait vers la maison de cette dernière où se tenait le Vestiaire, chaque vendredi.

Une petite servante alsacienne, coiffée du large nœud noir, vint lui ouvrir la porte et l'introduisit dans une vaste salle à manger transformée, pour l'instant, en atelier de couture.

A l'entrée de la jeune fille, un grand silence se fit dans la pièce ; les mains laissèrent retomber l'aiguille ou les ciseaux, et tous les yeux se braquèrent sur l'arrivante.

Un peu décontenancée, Sylvette salua en souriant Mme Humblot qui s'avançait à sa rencontre, la main tendue.

— Ah ! voici notre nouvelle aide. Mes chères amies, je vous présente Mlle de Lange, qui veut bien nous aider à habiller les pauvres ; son concours est le bienvenu.

Sylvette s'inclina gentiment, en souriant à la ronde, mais les yeux curieux étaient si occupés à la dévisager et à détailler sa toilette que son salut sembla passer inaperçu.

— Où allons-nous vous mettre ? reprit la directrice du Vestiaire. Ici, près de la fenêtre.

— C'est la place de Mlle Rose, fit une voix tranchante. Elle va venir tout à l'heure et nous amener sa nièce.

La petite Américaine se tourna vers la personne qui parlait et rencontra le regard aigu et peu amène de Mlle Clémence.

— Alors, ici, sur ce tabouret. Mme Aubry ne tardera pas à arriver, et vous serez en pays de connaissance.

Sans avoir un aplomb de mauvais goût comme beaucoup de ses compatriotes, Sylvette était loin d'être timide. Son éducation, sa profession, son genre d'existence à New-York, avaient développé en elle un sentiment d'indépendance qui la faisait se trouver à l'aise dans tous les milieux ; cependant, cette curiosité presque hostile lui était si nouvelle que, pour la première fois, elle se vit sur le point de perdre contenance.

Heureusement, un coup de sonnette vint un peu détourner

l'attention de sa personne, et la petite Alsacienne introduisit une nouvelle arrivante, Mme Aubry.

Après une ample distribution de poignées de mains et de bonjours, la femme du notaire vint s'asseoir auprès de la jeune fille à qui Mme Humblot remettait une petite chemise de toile de coton dont il s'agissait de faire les coutures.

— Eh bien ! Miss Sylvette, vous voilà donc des nôtres ? fit Mme Aubry aimablement. J'espère que nous allons faire de la bonne besogne.

— Je l'espère aussi, Madame, répondit Sylvette.

— Les Américaines savent donc coudre ? fit la voix aiguë de Mlle Clémence. J'ai entendu dire que, là-bas, tout se fait à la machine.

— Il y a des exceptions, il faut croire, répondit Sylvette d'une voix conciliante.

De nouveau, l'arrivée de deux retardataires interrompit la conversation, et Mlle Rose et sa nièce vinrent occuper les deux dernières places laissées libres près de la fenêtre et si chaudement gardées par Mlle Clémence.

La présidente des Enfants de Marie eut un petit signe de tête très sec pour Sylvette qui n'avait pas jugé à propos de répondre à ses avances faites par l'intermédiaire de Mme Aubry et de poser sa candidature au postulat de la confrérie.

Puis la conversation, ou plutôt l'interrogatoire de la petite étrangère, reprit de plus belle. Une foule de questions posées de tous côtés à la fois assaillit la malheureuse, de plus en plus choquée de se voir ainsi mise sur la sellette.

Elle avait beau se dire que toutes ces dames d'un certain âge la traitaient visiblement en fillette, elle ne pouvait s'expliquer un pareil manque de politesse si contraire aux mœurs du pays de l'Indépendance.

Elle répondait cependant de son mieux, avec politesse, mais le plus vaguement possible, tout en se demandant si ces dames étaient un échantillon de la « société française » et tout en tirant sans relâche son aiguille, dans la louable intention de faire pour les pauvres le plus de besogne possible puisqu'elle était venue pour cela.

— Et à quoi cette petite demoiselle va-t-elle employer ses journées qui vont lui sembler horriblement longues et vides après la vie de New-York ? fit tout à coup une ample matrone, d'un air protecteur.

— Jusqu'ici, le temps m'a semblé bien court, et je n'ai pas eu le loisir de m'ennuyer, Madame, répondit Sylvette d'un ton résigné.

— Oui, vous vous installiez ; mais un emménagement ne dure pas toujours, si compliqué soit-il, et le Roc-aux-Moines semblera bien morne à une fillette de votre âge, surtout si vous y restez l'hiver.

— Mon Dieu ! Madame, je tâcherai de tirer le meilleur parti possible de la situation. Les journées ne sont jamais longues quand on sait les remplir. J'aurai la société de mon père, mes livres, mon piano, ma profession.

— Votre profession ?.....

— Oui, Madame, ma profession.

— Quelle sorte de profession ?

— Journaliste.

— Journaliste !.....

Le mot fut répété dans la salle de plusieurs côtés à la fois ; puis il se fit un grand silence.

Enfin, l'imposante matrone reprit :

— Vous ne voulez pas dire que vous écrivez dans les journaux ?

— Je ne savais pas que ce mot eût plusieurs sens en français, mais, dans mon pays, il signifie, en effet, écrire dans les journaux.

Sylvette commençait à s'énerver ; elle était très rouge.

Son aiguille se cassa dans l'étoffe épaisse, et en en cherchant une autre dans sa trousse elle se demandait si c'était vraiment faire la charité que de procurer à un enfant pauvre un tel cilice.

Mais le jour nouveau sous lequel la petite étrangère venait de se présenter était beaucoup trop intéressant pour ces dames pour laisser la conversation changer de sujet.

Mme Aubry regardait Sylvette comme si elle la voyait pour

la première fois, et Mme Humblot elle-même parut s'intéresser aux débats.

— Alors, vous écrivez des articles et on les imprime ? reprit impitoyablement la dame imposante.

— Oui, Madame.

— Quelles sortes d'articles ?

Cette fois, la patience de Sylvette atteignait ses extrêmes limites. Elle parut absorbée par la piqûre qu'elle venait de se faire au doigt et ne sembla pas avoir entendu.

Mais Mlle Clémence répondit pour elle, à l'autre bout de la pièce.

— Quelles sortes d'*articles* voulez-vous que ce soit ? Des *feuilletons*, naturellement !

Ce mot parut effaroucher au suprême degré une petite dame effacée qui n'avait pas encore ouvert la bouche.

— Des feuilletons ! répéta-t-elle d'un ton horrifié. Est-il possible qu'une *jeune fille* écrive des romans ! La mienne, qui a vingt ans, n'en a encore jamais lu.

Mais devant le silence et la mine de Sylvette, quelques-unes de ces dames comprirent sans doute que l'on allait trop loin.

La jeune fille entendit encore vaguement l'imposante matrone murmurer quelques mots sur l'extraordinaire chance qu'aurait une fillette de réussir où tant de personnes « qui ont du talent » ont échoué ; puis la conversation changea de sujet.

« Changer de sujet » est peut-être trop dire, car, malgré les visibles efforts de Mme Humblot pour diriger le courant sur un terrain vague, Sylvette se serait crue plutôt à une assemblée de critiques qu'à une réunion de charité.

Presque tout le pays fut passé en revue et au crible, et quand, après deux heures de séance, la jeune fille quitta le Vestiaire, ce fut avec la ferme résolution de ne plus jamais y remettre les pieds.

V

Lorsque Sylvette se retrouva seule, elle se sentait plus fatiguée qu'elle ne l'avait jamais été après ses plus longues journées de travail.

De l'autre côté de la place, la porte de l'église était ouverte sous son vieux porche moussu.

La jeune fille se dirigea de ce côté, pénétra dans le sanctuaire et s'agenouilla dans le banc où chaque dimanche, depuis son arrivée, elle avait pris place auprès de son père.

Après une courte prière, elle s'assit pour réfléchir.

Quels sentiments éprouvait-elle, la petite Sylvette, qui se flattait d'être toujours si maîtresse d'elle-même ?

D'abord une immense déception ; puis, il faut bien le dire, une large blessure d'amour-propre.....

Dans le pays qu'elle venait de quitter, où sa profession était honorable entre toutes, dans le milieu intellectuel, presque exclusivement masculin qu'elle fréquentait, elle était, depuis plusieurs années déjà, une petite personnalité appréciée, dont la plume gagnait en un mois de quoi nourrir Mlle Clémence pendant toute une année.

Enviée peut-être en secret de compagnes moins heureuses, car l'envie n'est-elle pas partout l'inévitable accompagnatrice du succès, du moins jamais elle n'avait souffert d'une jalousie trop marquée, car son bon cœur vite découvert, sa générosité proverbiale désarmaient bientôt les petites coteries de métier.

Les quelques amies de cœur fréquentées à ses moments de loisir étaient des travailleuses comme elle.

L'une, journaliste depuis de longues années déjà, car elle avait largement dépassé la trentaine, avait un nom connu dans tous les pays de langue anglaise ; l'autre, musicienne, organiste, professeur de chant ; une troisième avait fondé elle-même un commerce de luxe en plein succès, et les petites réunions intimes de ces amies de choix, où bien souvent aussi l'on s'occupait des pauvres, n'avaient pas préparé Sylvette à la séance du Vestiaire de Bourg-Saint-Mathieu.

Peu à peu, cependant, dans la tranquillité de l'église, la jeune fille se calma.

Son regard fit le tour du vieil édifice, s'arrêta sur les peintures naïves, sur les antiques saints aux tournures bizarres, éclairés faiblement par la lueur incertaine qui tombait des vitraux sombres.

Une forme noire était agenouillée dans un coin du chœur. Sylvette reconnut le vieux curé qui, sa tête blanche dans les deux mains, semblait prier avec ferveur.

Ce vieillard lui était sympathique. Elle ne lui avait parlé que deux fois : au presbytère, quand elle était allée le voir avec son père, puis dans la visite que le prêtre avait rendue au prieuré, mais ses simples sermons du dimanche lui plaisaient, et elle s'était promis de le revoir.

La jeune fille attendit quelques instants, puis, quand le prêtre se leva, son oraison terminée, elle l'aborda auprès de la petite porte donnant sur l'ancien cimetière, derrière l'église.

— Pardon, Monsieur le Curé, pourrais-je vous dire deux mots ?

— Mais oui, ma chère enfant, bien volontiers.

Ils traversèrent ensemble une place couverte d'herbe où s'élevaient encore quelques tombes très anciennes, aux dalles gravées de caractères gothiques à demi effacés par le temps et la plupart envahies par le lierre ou par des rosiers grimpants.

Le prêtre se dirigea vers une porte à clairevoie ouverte dans une haie à l'extrémité de la place et introduisit Sylvette dans le jardin du presbytère, un vrai « jardin de curé », avec ses carrés de choux, ses roses trémières et sa tonnelle de jasmin.

— Mais c'est le « jardin de la cure » que Franz Müller a si bien décrit dans *la Solitaire*. Rien n'y manque, pas même le vieux puits à la chaîne rouillée..... Combien de fois, dans ma petite chambre de New-York, l'ai-je parcouru en songe ! Oui, c'est bien cela, j'aperçois même, là-bas, le bonnet de Catiche.

Le bon prêtre sourit, et une étincelle malicieuse s'alluma dans ses yeux clairs.

— Vous lisez Franz Müller ? dit-il.

— Je crois bien ! et non seulement je le lis, mais j'ai traduit en anglais l'un de ses derniers livres : *la Solitaire*, qui a en Amérique un gros succès. Quel beau caractère, quelle belle âme de femme il a décrits là !

— Alors, vous connaissiez les Vosges avant d'y venir, car Müller a admirablement décrit notre pays, ses mœurs, ses habitants.....

Sylvette s'arrêta au milieu de l'allée de roses trémières plus hautes qu'elle et campa sa petite silhouette décidée à côté de son compagnon.

— Ah ! cela, c'est autre chose, fit-elle, et c'est justement de quoi je viens vous parler, Monsieur le Curé.

Et avec une verve endiablée qui arrachait, malgré lui, des sourires au bon prêtre, elle se mit à raconter la séance du Vestiaire.

En quelques phrases, les physionomies furent décrites, les personnages dressés, de sorte que, sans avoir prononcé de noms qu'elle ignorait pour la plupart, Sylvette évoqua une à une les dames du Vestiaire devant le prêtre abasourdi, qui entendit jusqu'au bout le compte rendu de la séance, sans avoir eu le temps ni la pensée de l'interrompre par une réflexion.

— Maintenant, Monsieur le Curé, acheva l'Américaine avec son petit accent léger, qui rendait ses phrases gentiment drôles, maintenant, trouvez-vous que ceci ressemble aux volumes de Franz Müller ?

Le vieux prêtre sourit de nouveau, mais en passant cette fois la main sur son front, signe habituel d'un évident embarras.

Comment expliquer à cette nouvelle débarquée des antipodes que son arrivée avait littéralement bouleversé le bourg tranquille de Saint-Mathieu ? Que la réapparition soudaine des châtelains inconnus de la mystérieuse demeure, sur laquelle couraient, parmi les paysans, de tragiques histoires, avait pris les proportions d'un événement de première importance.

Comment lui dire aussi, lui faire comprendre sans manquer à la charité chrétienne, que, malgré les efforts de l'excellente mais trop faible Mme Humblot, malgré les observations discrètes que lui-même avait hasardées, les réunions du Vestiaire étaient fameuses dans la contrée sous le nom de *Cercle des Potins ;* qu'on y entendait les langues les mieux pendues du bourg, qui, sous prétexte d'un travail charitable, trouvaient là le moyen de s'exercer amplement et pas toujours charitablement sans doute.

Mais comme, malgré l'activité des langues, les doigts ne chômaient pas, les pauvres, après tout, y trouvaient leur compte. Et sans cette bonne Mme Humblot qui recrutait comme elle pouvait son personnel, qui s'occuperait ainsi, depuis le départ des Sœurs, à pourvoir aux besoins des indigents ?

Tant bien que mal, en bredouillant un peu, le brave curé expliqua cela à Sylvette ; mais il aurait eu encore bien d'autres choses à lui dire, s'il avait pu.

— Vous auriez dû venir me demander conseil à l'avance, ajouta-t-il en terminant son explication un peu ardue. Je vous aurais dit de ne pas faire partie de ces réunions. N'y allez plus.

Étonnée, Sylvette le regarda. Elle avait cru qu'il lui dirait sans doute de passer sur ces bavardages ou ces petites mesquineries pour le bénéfice de la charité, mais le prêtre continua :

— Voyez-vous, ma petite enfant, vous venez de si loin ! Pas seulement de l'autre bout de la France, comme on dit, mais de l'autre côté de l'océan, de cette Amérique dont on raconte tant de choses extraordinaires, que nous ne connaissons, nous, dans notre petit trou, que par les excentricités que débitent les journaux. Pensez que nous vivons ici à près de vingt kilomètres de la gare la plus voisine ; que nous ne connaissons le monde que par les touristes, rares encore, qui viennent l'été dans ce pays perdu. La plupart de ces excellentes dames n'ont jamais dépassé Epinal ; deux ou trois ont poussé, je crois, jusqu'à Paris, à une exposition quelconque. Moi-même, je ne suis jamais allé plus loin que Saint-Dié où j'ai fait mes études.

Sylvette ouvrait de grands yeux. Jamais encore elle n'avait envisagé les choses de cette manière.

Les Américains de son entourage traversaient l'Atlantique, en moyenne, deux fois par an.

Ses trois amies étaient venues en Europe ; l'une d'elles, la journaliste, connaissait l'Allemagne et la France sur le bout du doigt, et des Français n'avaient jamais vu Paris !...

— Vous comprenez, poursuivait le prêtre, il faut que la connaissance se fasse, de part et d'autre, petit à petit, sans rien brusquer. Nous avons ici d'excellentes personnes, de bonnes mères de famille que vous apprécierez, j'en suis certain. Mais il ne faut pas vous attendre à trouver des distractions nombreuses.

Quelques bonnes familles se réunissent le dimanche soir pour jouer aux cartes..... Les dames quelquefois en semaine, les unes chez les autres, pour faire de petits ouvrages..... Mais je ne crois pas que cela vous convienne..... Une seule personne ici peut être une société pour vous ; c'est ma petite Guillemine.

— Monsieur le Curé, vous vous méprenez, reprit Sylvette. Je ne cherche pas de *distractions*, je veux me rendre utile aux pauvres, leur donner un peu de moi-même. Ma première idée en venant ici a été qu'avec plus de loisirs je pourrais davantage penser aux autres. C'est ainsi qu'en apprenant l'existence du Vestiaire, je m'y suis immédiatement enrôlée.

— S'il en est ainsi, vous serez une recrue précieuse. Nous ne manquons malheureusement pas de pauvres ici avec les durs hivers de la montagne. Laissons le Vestiaire aux personnes qui ne peuvent donner une plus grande part de leur temps. Mme Humblot et moi avons de quoi vous employer. Quant aux relations.....

— Je ne me soucie pas de m'en faire, Monsieur le Curé. Je n'ai jamais eu le temps de me créer de relations mondaines, et ici de même, avec les pauvres, mon travail et mon père, mon temps sera bien employé.

Mais le prêtre avait son idée.

— Je vous ferai connaître Guillemine Le Meunier, insista-t-il. Vous vous comprendrez. Et maintenant, parlez-moi de votre père, mon enfant.

Ces paroles ramenèrent Sylvette à son grand souci, chassé momentanément de sa pensée par les petits événements des heures précédentes. La sympathie du vieux curé lui était douce. Il lui semblait l'avoir connu depuis l'enfance.

Elle dit le changement constaté chez son père depuis leur arrivée, son existence retirée et mystérieuse, l'air de lassitude extrême remarqué chez lui ce jour même, sa crainte de graves préoccupations cachées.

Le prêtre écoutait, l'air troublé.

A la fin, il insinua :

— Ne pourriez-vous savoir ?..... Chercher à savoir, pour consoler ?.....

— Comment savoir ? fit la jeune fille. J'ai déjà interrogé mon père, et n'en ai pu rien obtenir ; il m'est impossible d'insister.

Le prêtre s'arrêta et posa sa main sur le bras de la jeune fille. Le soleil déjà baissait à l'horizon, éclairant de ses derniers rayons la tête vénérable du vieillard ; sous les épais sourcils blancs, deux yeux perçants, profonds, brillaient.

— *Il faut* cependant que vous sachiez, répéta-t-il. Il faut savoir.....

Puis les deux causeurs reprirent leur marche dans l'allée rose, promenade, causerie qui durèrent longtemps, longtemps.....

Sylvette raconta au prêtre sa vie passée, lui dit ses aspirations.....

Quand, enfin, le curé reconduisit sa visiteuse à la porte de clôture de son jardin, le soleil avait disparu et le Roc-aux Moines projetait sa grande ombre sur la vallée de la Mouzotte.

— Merci, Monsieur le Curé, fit la jeune fille en montrant un petit catéchisme qu'elle serrait dans sa main. Je vais commencer par le commencement.

— C'est bien, ma petite enfant, répondit le prêtre, et tâchez..... Ah ! cherchez à savoir..... pour consoler.

VI

La journée avait été particulièrement étouffante.

Un orage, un de ces terribles orages de montagnes, approchait certainement.

Malgré la chaleur, Sylvette avait eu une journée bien remplie.

Le matin, après la messe et l'habituelle tournée des malades, elle avait aidé la Marguitte en rangeant et époussetant elle-même sa chambre et son atelier.

Le vieux James s'occupait exclusivement de l'appartement de M. de Lange, puis disparaissait ensuite pour quelque besogne mystérieuse dans une partie non moins mystérieuse de la vieille demeure où il soignait sa femme, folle sans doute.

Après quelques tentatives infructueuses pour découvrir cette inaccessible retraite, après quelques offres repoussées de pénétrer jusqu'à la pauvre malade pour la distraire ou la soigner, Sylvette avait fini par ne plus parler d'elle.

Son père lui avait dit que la vieille domestique ne manquait de rien dans une chambre bien close et confortable où, depuis plus de vingt ans, elle ne voyait que son mari qui, seul, pénétrait près d'elle, et comme rien ne rappelait jamais la malheureuse servante au souvenir de ses voisins, Sylvette avait fini par l'oublier.

L'après-midi de la jeune fille s'était passée dans le gentil « studio » installé dans la galerie du premier étage.

Elle avait recopié à la machine son article écrit la veille pour la *Review*, griffonné quelques cartes des « Vosges illustrées » pour ses amies transatlantiques, et elle venait, maintenant, de les jeter à la boîte, sur la place de l'Eglise, après une courte visite au Saint Sacrement.

Un livre sous le bras, son ombrelle ouverte, Sylvette marchait lentement sur la route tournante qui passait au pied du Roc-aux-Moines.

Elle ne prit pas, cependant, le chemin en lacets montant au prieuré, mais le dépassa et s'engagea sur une petite route bien ombragée qui tournait le Roc et menait aux Grands-Etangs.

Ces Grands-Etangs étaient la plus délicieuse promenade de cette partie des Vosges, trois lacs calmes, se tenant les uns aux autres, d'une assez grande étendue et dont les bords s'ombrageaient d'un échantillon de tous les arbres de la forêt.

Sylvette s'assit sur la mousse au bord du premier lac, le plus vaste, l'étang des Cygnes : c'était la promenade du dimanche de la société de Bourg-Saint-Mathieu. On faisait le tour du lac en écoutant la musique de la Société philharmonique de la ville, pendant que enfants et fillettes faisaient une abondante consommation de gaufres et de lait qu'une marchande débitait à un petit kiosque ouvert chaque dimanche.

Bref, l'étang des Cygnes faisait partie, ce jour-là, de la civilisation moderne, reprenant, en semaine, sa physionomie calme, un peu sauvage même, et n'ayant pour le peupler que les beaux cygnes qui glissaient mollement sur son grand miroir.

Les deux autres lacs, l'étang des Nénuphars et l'étang des Joncs, de moindre étendue, reliés à celui des Cygnes par un étroit canal, avaient gardé leur véritable aspect d'étangs de montagnes. Quand le temps le lui permettait, Sylvette ne manquait jamais de prolonger jusque-là sa promenade.

Mais ce soir l'air était trop lourd et il était trop tard pour aller aussi loin. Il faisait bon sur la mousse, sous les grands arbres, au bord de l'eau. Comme elle s'était vite habituée à cette vie en pleine nature, qu'il lui semblait maintenant avoir toujours menée ! Qu'elle était loin de New-York, de ses cars, de ses gratte-ciel, des bureaux de l'*Evening-News* !

Etait-elle bien la même Sylvette que celle de là-bas ?

Non, une transformation secrète, mais véritable, s'était produite, surtout pendant ce second mois.

Son amour étrange des pauvres avait trouvé à s'exercer, sans être rebuté par les premiers contacts avec la réelle misère.

M. le curé et Mme Humblot avaient trouvé en elle une aide intelligente.

Les quelques malades visités chaque matin par la veuve avaient maintenant près de leur grabat une vision de grâce et de jeunesse qui leur apportait avec son vaillant sourire la force d'aller jusqu'au lendemain.

Sylvette connaissait la douce ivresse qu'éprouvent les grands cœurs à apporter un peu de soulagement aux déshérités.

Mais Bourg-Saint-Mathieu était loin d'être un paradis terrestre, comme elle le pensait en arrivant.

Que de misères restaient à soulager, que de vices cachés et publics détruisaient les efforts de la charité ! Que de mauvaise volonté, d'égoïsme, chez ceux qui pouvaient donner, paralysaient les deux vaillantes qui s'étaient tracé pour tâche de remplacer les Sœurs expulsées !

Sylvette comprenait maintenant pourquoi Mme Humblot craignait tant de décourager ou de froisser les quelques bonnes volontés du Vestiaire. Rien cependant ne décourageait la veuve et son aide nouvelle.

A se donner ainsi elle-même, Sylvette éprouvait une immense douceur, insoupçonnée au temps où la pitié seule la poussait vers les pauvres.

Elle découvrait aujourd'hui le côté sublime de la charité qui voit le Christ dans ses membres souffrants. Une sorte de bandeau était tombé de ses yeux en suivant chaque jour les enseignements du vieux prêtre, qui avait trouvé dans cette âme ardente un terrain tout prêt à recevoir la culture divine.

Un mois de ce catéchisme consciencieusement, humblement et intelligemment réappris avait opéré une transformation morale complète chez cette jeune fille, qui s'était jetée avec toute l'ardeur de sa nature enthousiaste dans la voie nouvelle ouverte devant elle.

Cependant, en elle se justifiait cette parole : « Plus on s'approche de Dieu, plus aussi on s'approche de sa croix », car des soucis nouveaux étaient venus l'assaillir.

Son père avait, en ces deux mois, vieilli de dix ans.

Bien que leur intimité n'eût jamais été grande, car ils ne se rencontraient guère, autrefois, qu'à l'heure des repas, Sylvette avait espéré que cette vie nouvelle et isolée les rapprocherait, et voilà que le contraire se produisait.

Plus que jamais, M. de Lange vivait chez lui, s'absorbant dans les lectures et les calculs, sa meilleure consolation, disait-il ; et quand sa fille, à plusieurs reprises, pour obéir à M. le curé, avait « cherché à savoir pour consoler », il s'était retranché dans un silence farouche et avait paru si sombre les jours suivants, que la jeune fille n'osait plus interroger.

Elle avait peine à reconnaître son père dans la personne de ce vieillard taciturne qui fuyait de plus en plus sa société.

. . . .

Le ciel devenait noir, et il faisait maintenant presque nuit sous les arbres.

Sylvette prit le chemin du retour, et, une fois sur la route, le ciel parut moins sombre malgré l'approche de la nuit.

Au détour du chemin, le Roc-aux-Moines se dressa à pic, surplombant la route.

Vu ainsi, à mi-côte, posé sur un étroit plateau au-dessus de la paroi rocheuse absolument droite de ce côté, le prieuré produisait, à ces premiers instants de la nuit, un effet saisissant, et Sylvette, qui ne l'avait jamais vu de là, à cette heure, s'arrêta pour le contempler.

Cette façade était beaucoup plus importante que celle des deux autres ailes. C'était la partie habitée par son père, mais bien plus vaste que sur la cour, prolongée de toute l'aile intérieure qui donnait sur le jardin muré.

Sylvette voyait les quatre fenêtres ouvertes de l'appartement de M. de Lange. Celui-ci, cependant, habitait les deux dernières chambres du corridor et les fenêtres étaient placées au milieu de la maison. Toutes celles qui faisaient suite étaient, à tous les étages, fermées de leurs contrevents. C'était, sans doute, la partie mystérieuse habitée par la vieille Emmy.

Soudain, un éclair, annonciateur d'un orage encore lointain, car il ne fut pas suivi de tonnerre, dora une seconde les murs ravagés : Sylvette tressaillit en hâtant le pas.

Elle arriva en retard de plus d'un quart d'heure pour le dîner. Son père l'attendait dans la galerie du rez-de-chaussée qui servait de salle à manger.

Les volets intérieurs étaient fermés sur les fenêtres à vitraux ; deux hautes lampes à pétrole remplaçaient l'éléctricité absente.

Le dîner fut silencieux comme d'habitude et vite expédié.

Tout de suite après le repas, M. de Lange se plaignit d'une migraine occasionnée par le temps et, repoussant les soins de sa fille, se retira dans sa chambre, laissant la pauvre Sylvette livrée à ses mélancoliques réflexions.

VII

L'air restait lourd, mais l'orage semblait s'être éloigné.

Sylvette sortit sur la terrasse et s'accouda au parapet de granit des Vosges, qui dominait le chemin en lacets et la vallée de la Mouzotte.

La nuit était tout à fait venue. Des lumières brillaient dans les quelques maisons du bourg, que la jeune fille pouvait apercevoir de son lieu d'observation.

De l'autre côté de la rivière, qui scintillait quand la lune se montrait entre deux nuages, Sylvette vit, éclairées, des fenêtres qu'elle avait toujours vues closes depuis son arrivée.

C'étaient celles d'un grand chalet montagnard aux longs toits rabattus en auvent, aux balcons de bois ajourés, placé très en dehors du bourg, sur une petite éminence toute boisée de sapins dominant la Mouzotte.

De la terrasse du Roc-aux-Moines ce petit coin était ravissant à contempler.

On aurait dit un de ces bibelots d'étagère rapportés de Suisse ou de la Schwartzwald.

Comme Sylvette s'étonnait d'en voir les fenêtres éclairées, la Marguitte s'approcha d'elle pour un renseignement.

— Pardon, not' demoiselle ; c'est le grand Pierre qui est venu tantôt rapport au bois d'hiver. Les portions communales sont faites, et maintenant faut les scier.

— Bien. Comment fait-on d'habitude ? fit Sylvette.

— Le grand Pierre scie en ville la portion du Roc et on la monte après, en chariot ; c'est plus commode que de monter par les sentes la machine à scier.

— Bien. Nous ferons comme d'habitude.

— C'est que la portion habituelle ne suffira point avec tant de cheminées qu'y aura cet hiver à chauffer. James l'a dit à Monsieur qui m'a dit de vous le dire.

— C'est bien. Nous nous arrangerons demain avec James pour la provision d'hiver, car il faudra aussi du charbon. Mais n'est-il pas encore un peu tôt pour y penser ?

— Mais, not' demoiselle, la fin d'août approche ; septembre est bien court dans la montagne et tous les feux brûlent en octobre.

— Bon. Nous nous en occuperons lundi. Dites-moi, Marguitte, qui habite ce joli chalet, là-bas, où les fenêtres brillent pour la première fois ?

— Là-bas, en face ? C'est la Sapinière, donc ! La maison de Mam'zelle Guillemine qu'est revenue de voyage.

Sylvette sourit. Depuis plus de deux mois, elle n'était pas encore habituée au parler fantaisiste de la Marguitte.

— Oui, reprenait celle-ci, c'est not' Mam'zelle Guillemine ; et que ça fait bien plaisir au pauv' monde d'la revouère un brin.

Guillemine..... Ce nom était revenu plusieurs fois, avec éloge, dans la bouche du curé ; Sylvette l'avait entendu prononcer au chevet des pauvres avec des bénédictions et aussi accompagné de force critiques, dans cette après-midi mémorable du Vestiaire. Qui donc était-elle ?

Le désir lui vint d'en savoir davantage.

Du reste, ce soir, la Marguitte paraissait en veine de loquacité.

— Alors, cette demoiselle Guillemine n'habite pas toute l'année Bourg-Saint-Mathieu ?

— Oh ! si, quand ça s'trouve, mais elle voyage souvent. Elle passe l'été au bord de la mer, qu'on dit. Puis, l'année dernière, elle a été à Rome voir Not' Saint-Père. Mais c'est bien la meilleure fille du monde, si bonne aux pauv' gens. A preuve que si n'y avait qu' des riches comme elle, n'y aurait plus jamais d'pauvres.

Sylvette s'intéressait de plus en plus.

— Alors, elle fait du bien dans le pays ?

— Que je l'croué ! Tous les matins d'hiver, y a distribution de soupe chaude à tous ceux qui veulent venir en chercher, et d'la bonne soupe ! Même qu'y en a qu'abusent. Et qu'on sait ben partout d'où qui viennent, les bons d'pain et d'viande et d'pharmacie, qu'M. le curé donne en disant qu'il a défense de dire d'où que ça lui vient !

— Elle est donc très riche ?

— Que je l'croué ! Sa mère était la fille d'un des plus riches filateurs d'Alsace. Son père avait du bien à revendre. J'suis sûre qu'elle n'connaît pas elle-même ce qu'elle possède. Et simples tous, avec ça ! et pas fiers ! Ils ont élevé leur fille ici, même que j'ai suivi le catéchisme à l'église sur le même banc qu'elle et que nous avons fait not' première Communion le même jour. Mais, malgré tout ça, c'est pas un caractère comme tout l'monde. Quand ses parents sont morts, c'était déjà une femme; eh ben ! elle s'est brouillée ici avec tous les gens d'la haute. Je n'ai jamais ben su pourquoi. On dit ici que c'est parce qu'elle allait à Paris écrire dans les journaux, mais j'croué plutôt que c'était parce qu'elle leur disait trop en face ce qu'elle pensait d'eux et, dans c'temps-là surtout, y en avait de l'égoïsme chez les riches d'ici ! Maintenant, j'croué qu'elle leur a fait honte et qui sont meilleurs au pauv' monde qu'avant.

— Mais, dites-moi, Marguitte, on pense donc ici que c'est bien mal d'écrire dans les journaux ?

— Dam ! not' demoiselle, j'm'y connais point, mais tout l'monde lit des journaux à c't'heure, et faut ben qu'en ait qui les écrivent, n'est-ce pas ?

Sylvette admira, à la fois, le jugement de sa servante et l'habileté avec laquelle elle avait escamoté sa réponse.

— Et quel âge a-t-elle, cette demoiselle Guillemine ? dit-elle seulement.

— Nous avons fait not' première Communion le même jour, donc nous sommes de la même année, et j'ai eu quarante-cinq ans aux gelées d'avril.

Sylvette ne poussa pas plus loin son interrogatoire, mais un désir véhément lui venait de connaître l'originale vieille fille, malgré ce titre qui évoquait trop pour elle jusqu'ici le profil anguleux de Mlle Clémence.

Tout à coup, un éclair rouge déchira la nue d'un bout du ciel à l'autre, et presque au même instant un violent coup de tonnerre, interminable, répercuté de roches en roches, emplit l'étroit couloir de la vallée de la Mouzotte.

Et soudain, au milieu de la nuit, un long cri succéda au bruit du tonnerre, un rire rauque, sauvage, qui finit en sanglot affolé.

Les deux femmes, muettes de terreur, se serrèrent instinctivement l'une contre l'autre.

— C'est la folle ! Seigneur Dieu ! fit la Marguitte en se signant. Monsieur est bien trop bon de garder un pareil être.

Ah ! oui, la folle..... Sylvette l'avait oubliée.

Pour la première fois, ce soir, elle l'entendait, et avec quelle terreur insurmontable !

Serrant le bras de Marguitte à le briser, elle écoutait, elle écoutait de toute la puissance de son être.

Mais un calme angoissant succédait à la clameur sauvage.

Un second coup de tonnerre, moins violent que le premier, se fit entendre, mais, cette fois, rien ne suivit.

A la fin, la servante s'aperçut du trouble de sa jeune maîtresse.

— Venez, not' demoiselle, dit-elle, rentrons ! Le bon Dieu nous garde ! Depuis plus de vingt ans que cette malheureuse agonise ici, elle n'a jamais fait de mal à personne, et, pourtant, je l'ai entendue plusieurs fois hurler en passant par le Roc quand j'revenais des bois, mais jamais comme ce soir, non, jamais. Enfin, Monsieur la garde par charité, et la charité ne peut nuire.

Par un effort surhumain, Sylvette essaya de dompter ses nerfs et de suivre la Marguitte, qui l'accompagna jusqu'à sa chambre où elle alluma deux grandes lampes.

— Bonsoir, not' demoiselle, dit-elle en se retirant. N'ayez point peur, j'suis là, à deux pas.

Sylvette resta seule, et, pour la première fois de sa vie, elle connut le frisson de l'épouvante.

Non, jamais, jamais, elle ne pourrait oublier ce cri qui l'avait glacée jusqu'au cœur.

L'orage continuait, grossi par les échos.

Malgré la clarté des lampes, la grande chambre Empire recélait des coins sombres ; les cariatides du lit semblaient deux sphynx proposant des énigmes redoutables et le vent soufflait dans les corridors avec des plaintes de damnés.

Sylvette s'agenouilla devant un fauteuil, plongea sa tête dans ses mains et appela à son secours le seul Etre capable de comprendre et d'apaiser son incommensurable angoisse.....

Une pluie torrentielle s'abattit sur la région, changeant les sentes en cascades. La violence de l'orage, cependant, s'apaisa bientôt, et quand 11 heures sonnèrent à la pendule de marbre noir, le calme le plus parfait régnait sur la vallée.

Sylvette, qui était restée prosternée, fit un effort violent sur elle-même.

Elle se releva, baigna son visage dans une cuvette pleine d'eau fraîche et ouvrit sa fenêtre.

Malgré quelques gros nuages qui, lentement, glissaient, en paquets d'ouate sombre, vers le Nord, la lune brillait de nouveau et la vallée entière étincelait de mille diamants. Plus haut que les derniers nuages, les étoiles familières scintillaient du même éclat inaltéré, calmes et souriantes, ignorant la tempête qui venait de bouleverser ce petit coin perdu.....

Tout à fait calmée, cette fois, Sylvette referma la fenêtre et ne tarda pas à s'endormir dans le grand lit Empire, cherchant dans son sommeil à déchiffrer, sans y parvenir, le regard de sphynx des cariatides vertes.....

Le lendemain, dimanche, elle s'éveilla plus tard que de coutume et s'habilla pour la grand'messe de 10 heures.

Le deuxième coup sonnait comme elle descendait dans la cour, où son père la rejoignait d'habitude.

Serrée dans un tailleur de serge bleue dont la jaquette s'ouvrait sur une chemisette de fine batiste brodée, un grand chapeau de toile tendue garni simplement d'une couronne de grosses marguerites, les mains prises dans d'étroits gants de Suède pareils à ses petits souliers gris, elle était délicieusement fine et distinguée.

M. de Lange, qui descendait à son tour, s'arrêta à la porte de la tourelle pour la contempler.

Une crispation douloureuse tordit ses traits, et il soupira si profondément que la jeune fille se retourna avec vivacité.

Elle s'élança vers son père et lui tendit son front ; puis, remarquant que M. de Lange était en veston du matin, elle recula, un peu étonnée.

— Je ne t'accompagnerai pas aujourd'hui, fit-il vivement, pour prévenir la question qu'il devinait. Ne t'inquiète pas, je suis seulement très las après une nuit d'insomnie. Je ne me sens pas de force à rester une grande heure à l'église et vais me reposer là-haut.

Il désignait d'un signe de tête une plate-forme étroite sur les rochers dominant la maison et qu'il appelait son observatoire.

— Mais, père..... commença Sylvette.

M. de Lange fit un geste que sa fille connaissait bien, signifiant qu'il n'y avait pas à insister. Et Sylvette eut un soudain pressentiment, un rapide soupçon : ne serait-ce pas que son père voulait rompre une habitude reprise depuis leur séjour à Bourg-Saint-Mathieu, l'assistance à la messe du dimanche ? Et cette brusque décision n'était-elle pas un commencement ?..... Hélas ! La pauvre Sylvette savait bien qu'elle n'avait rien à dire.

Elle se rapprocha cependant et, à propos de l'orage de la veille, se risqua à lui parler du cri qui l'avait si fort effrayée.

Mais, dès les premiers mots, il l'arrêta en disant d'un ton sec qui surprit la jeune fille :

— Il y a ici une femme qui a nourri et élevé ta mère..... qui s'est dévouée pour elle de la façon la plus remarquable..... Que cela te suffise.

Et tournant vivement le coin de la maison, il monta à grands pas le sentier en pente.

La jeune fille se dirigea du côté opposé et descendit pensivement la côte du Roc.

Elle savait que son père avait conservé très vif le souvenir de sa jeune femme si vite disparue, et qu'il avait dû aimer follement, puisque jamais la pensée d'un second mariage ne semblait l'avoir effleuré ; mais elle n'avait pas encore vu sur ses traits une semblable émotion en prononçant ces mots : ta mère.

Sa mère..... Quelle douceur dans ces deux mots ! Sylvette les prononça lentement, à plusieurs reprises.

Combien cette affection lui avait manqué, lui manquait encore, lui manquerait toujours !.....

Quel vide dans sa vie, que de défauts, sans doute irréparables, dans son éducation à cause de cette absence de tendresse maternelle !

Combien elle éprouvait, à cette heure surtout, le besoin d'avoir une amie, et quelle amie doit être une mère !.....

Qu'était cette mère disparue à dix-huit ans et dont elle ne possédait d'autre portrait qu'une miniature d'enfant, baby anglais aux boucles blondes, au visage menu ?

Une créature délicieuse, sans doute, puisque son existence éphémère laissait une telle trace dans la vie de l'homme taciturne qui n'avait jamais oublié.

M. de Lange s'était arrêté à mi-chemin du sentier.

Il s'appuya contre un sapin et regarda la silhouette fine aussi longtemps qu'il put la voir.

Puis, quand Sylvette eut disparu sous les arbres, il redescendit vers la maison.

James traversait la cour.

— Je monte, dit M. de Lange en anglais. Attention !

— Que Monsieur soit sans crainte, répondit le domestique. Je veille.

Marguitte partie aussi pour la messe, la maison restait donc déserte.

Le père de Sylvette monta au premier étage, entra dans sa chambre, qu'il traversa, et s'arrêta devant la tapisserie qui recouvrait, à mi-hauteur, le mur du fond.

Il appuya le doigt sur un dessin de la boiserie sculptée ; une petite porte glissa, disparut dans la muraille, laissant voir les marches de pierre d'un escalier étroit en colimaçon : comme tous les vieux logis du moyen âge, le prieuré avait son secret.

M. de Lange franchit un étage, ouvrit une seconde porte et pénétra dans une vaste pièce.

Près d'une fenêtre ouverte sur le jardin muré une grande femme vêtue de noir, aux cheveux gris, lisait dans une grosse Bible posée sur ses genoux.

A ses pieds, assise sur une chaise basse, une étrange petite créature la regardait fixement. Elle avait la taille et les traits de Sylvette, mais quel âge avait-elle ? Personne n'eût pu le dire.

Une robe flottante de lainage neigeux l'enveloppait tout entière ; une poupée était posée sur ses genoux, et cependant ses cheveux, réunis en une lourde natte, étaient d'une éclatante blancheur.

A l'entrée de M. de Lange, la femme en noir releva la tête, mais sa compagne resta immobile. Ses yeux fixes regardaient dans le vide sans paraître rien voir.

— Vous pourriez peut-être la faire descendre un peu au jardin, Emmy, dit M. de Lange, en anglais, au bout d'un instant.

Ses traits s'étaient contractés et sa voix était tremblante.

— Pourquoi faire ? répondit la femme en noir. Vous savez bien qu'elle a peur en bas.

— Parce qu'elle descend trop rarement, sans doute..... Le grand air lui ferait du bien.

— De l'air ! Il y en a assez chez nous sans descendre. Nous sommes bien ici ! Chaque fois qu'elle est descendue, elle a eu une crise, et le Dr Pierre nous avait défendu d'insister.

— C'est bien. Après tout, c'est plus prudent, peut-être..... Savez-vous que l'on a entendu d'en bas son cri d'hier soir ?

Emmy ne parut pas se troubler.

— Que voulez-vous ! C'était l'orage, fit-elle seulement. Ceux que ça gêne n'ont qu'à partir.

M. de Lange se contenta de hausser légèrement les épaules, jugeant sans doute inutile d'entamer une discussion. Après une caresse de la main sur la tête blanche de cette pauvre et énigmatique créature, il quitta la pièce.

Emmy le suivit du regard, et quand la porte se fut refermée derrière lui, elle haussa les épaules à son tour d'un air dédaigneux, et, sans un mot, reprit sa lecture interrompue.

. . . .

Toute à ses réflexions, Sylvette pénétra dans l'église, sans voir les regards curieux que lui lançaient quelques groupes.

Elle s'agenouilla à sa place habituelle, dans le banc de bois sculpté du Roc-aux-Moines et s'absorba dans sa prière.

Comme elle relevait la tête, ses yeux tombèrent sur une femme qui, après une génuflexion dans l'allée centrale, pénétrait dans un banc du côté opposé et un peu en avant.

Machinalement, la jeune fille examina la nouvelle venue, dont les traits ne lui rappelaient aucune personne de sa connaissance.

Elle détailla d'un regard la forme svelte, bien prise dans un fourreau gris, le chapeau de crin noir garni d'une longue autruche, sous lequel un lourd chignon de cheveux mousseux brillait d'un blond doré.

La tête inclinée, l'inconnue semblait prier avec ferveur, et son attitude recueillie rappela Sylvette à elle-même. Elle ouvrit son livre quand le prêtre s'agenouilla devant l'autel et suivit l'office avec attention, mais, pendant le prône du bon curé, plus d'une fois le regard de Sylvette glissa vers le profil délicat levé vers la chaire.

A la sortie, elle se trouva derrière l'étrangère, et comme la foule s'écoulait lentement, elle put voir que la mousse blonde des cheveux se parsemait de nombreux fils d'argent.

L'inconnue, se retournant, offrit de l'eau bénite à sa voisine. Sylvette put ainsi, en effleurant la main dégantée, lever un regard discrètement curieux vers ce nouveau visage.

Et elle vit deux grands yeux d'un bleu foncé, deux yeux profonds et tendres qui lui sourirent doucement.

Ce fut l'espace d'une seconde ; la cohue les sépara, et Sylvette se retrouva sur la place, seule dans la foule.

A ce moment, un homme passa devant elle, un grand jeune homme blond, au regard hardi, qui la dévisagea en la saluant avec ostentation.

Sylvette reconnut Bernard Aubry, et répondit au salut par un léger mouvement de tête, puis, comme elle détournait les yeux avec indifférence, elle rencontra un regard sombre, venimeux et moqueur, et se trouva en face de Mlle Clémence.

La jeune fille s'écarta avec un léger frisson, comme si elle avait aperçu un reptile.

Mais elle se rappela tout à coup un autre regard de femme, le regard bleu croisé à la sortie de l'église.

Qui pouvait être cette inconnue ?

Elle l'avait d'abord prise pour une jeune fille, mais les cheveux grisonnants lui avaient montré son erreur.

Puis l'étrangère avait souri, presque comme à une ancienne connaissance.

Serait-ce cette Guillemine tant attendue du vieux curé et à qui celui-ci aurait parlé de Sylvette ?

Sans doute. Dans ce cas, combien sympathique et jeune était cette *vieille fille*, et quelle différence avec l'autre au regard de serpent.

Du reste, elle le saurait bientôt avec certitude, car le bon prêtre saisirait au plus tôt l'occasion de faire la présentation.

Tout en marchant, Sylvette se détourna à demi pour jeter un regard vers le vieux cimetière.

Quelques groupes s'y trouvaient, au milieu desquels une étroite silhouette grise se dirigeait lentement vers le jardin de la cure.

Une tentation vint à la jeune fille de s'y rendre aussi, mais Sylvette obéissait rarement à une première impression.

Elle se raidit contre cette sympathie soudaine et poursuivit lentement le chemin du retour.....

. . . .

Ce dimanche-là, pour la première fois depuis leur arrivée au Roc, M. de Lange resta longtemps auprès de sa fille.

Il s'installa, avec ses cigares et ses journaux, sur la chaise longue étendue sur la terrasse, et Sylvette, toute joyeuse, vint lui tenir compagnie.

Ils lurent ensemble et causèrent un peu. La jeune fille raconta à son père la rencontre du matin qui l'avait si fort intéressée et lui fit part de ses projets pour le lendemain.

Elle se proposait d'aller visiter, non loin de Bourg-Saint-Mathieu, les ruines de l'abbaye des Combes, dont elle voulait, pour son prochain article de la *Review*, faire une description et prendre des croquis. Elle pria son père de lui faire le plaisir de l'accompagner. Mme Humblot devait lui prêter la petite charrette attelée d'une mule dont elles se servaient toutes deux pour leurs visites charitables les plus éloignées.

Heureusement surprise, Sylvette vit son père accepter sans hésitation la proposition de cette promenade. Il ajouta même :

— C'est une acquisition qu'il nous faut faire sans tarder. J'avais oublié qu'ici un véhicule quelconque est indispensable pour les courses si longues. Si tu veux, nous irons tous les deux, cette semaine, à Epinal pour tâcher de découvrir une charrette anglaise et un poney.

Décidément, Sylvette marchait de surprise en surprise. Elle accepta avec empressement, battit des mains et s'amusa comme une enfant à chercher un nom pour le futur habitant de l'écurie déserte.

A 5 heures, le père et la fille prirent le thé sur la terrasse.

Aidée de Marguitte, Sylvette apporta une petite table légère toute garnie, gentiment arrangée avec un napperon russe aux larges broderies de couleur sur lequel brillaient le samovar de cuivre et les ustensiles d'argent.

Un bouquet de bruyère sauvage s'étalait dans une potiche de cuivre.

Sylvette versa le Ceylan parfumé dans les tasses de porcelaine fine, mit la dose de crème, sucra au goût de son père et coupa en tranches le gâteau savoureux fabriqué par Marguitte, experte en la matière.

Déjà l'ombre enveloppait le Roc-aux-Moines ; le soleil ne dorait plus de ses derniers rayons que le sommet des plus hautes collines.

Par moments, le son d'une musique lointaine montait jusqu'au prieuré : c'était l'heure de la réunion hebdomadaire sur les bords de l'étang des Cygnes.

Des bandes de promeneurs passaient au pied du Roc, et de temps à autre un joyeux éclat de rire s'envolait dans l'air calme.

L'orage de la veille était oublié, et Sylvette ne voulait plus se souvenir que de l'heure d'intimité douce qui semblait vouloir effacer pour jamais les mystérieux problèmes.

VIII

L'excursion projetée eut lieu le lendemain.

De retour au Roc-aux-Moines, Sylvette, après y avoir laissé son père, s'en fut reconduire mule et voiturette chez Mme Humblot.

La glace était rompue depuis longtemps entre les deux collaboratrices unies entre elles par un même amour pour les déshérités.

On ne pouvait espérer une grande intimité entre deux natures aussi dissemblables, mais elles s'appréciaient mutuellement chaque jour davantage dans les visites auprès des infirmes délaissés, auprès des pauvres veuves chargées de famille, ou des orphelins abandonnés.

Les malades ne chômaient pas, et les deux femmes, Sœurs de Charité volontaires, n'étaient pas embarrassées pour utilement prodiguer leur temps et leur dévouement.

Mme Humblot était sortie. Sylvette ne s'arrêta donc pas.

Elle entra à l'église. Après une courte prière, la vue du banc où, la veille, s'était agenouillée l'étrangère, réveilla innocemment sa curiosité et son désir de savoir : elle avait pu lire, gravé en plein bois sur l'accoudoir : *Famille Le Meunier.*

Désirant que fût justifiée sa sympathie naissante, elle alla frapper au presbytère, où elle fut reçue par Catherine.

— M. le curé est absent. C'est aujourd'hui le dernier lundi du mois, jour de réunion chez M. le doyen des Haubières, et M. le curé n'est pas encore rentré.

Sylvette s'éloigna, un peu déçue ; mais, au lieu de se diriger vers la route elle prit le chemin du pont et traversa la Mouzotte.

On appelait cette route : le « chemin de la côte », qui, après avoir traversé le bout du village, continuait jusqu'au hameau des Bordes en passant devant la Sapinière.

Dans le bourg, Sylvette hâtait le pas, sentant, sans les voir, des yeux curieux derrière les fenêtres closes. Quand elle eut dépassé les dernières maisons, elle ralentit un peu sa marche.

Le chemin montait en pente douce jusqu'au chalet pour redescendre presque à pic.

Sylvette n'avait jamais vu de près cette partie du pays.

Elle aperçut, de l'autre côté de la vallée, le prieuré, d'un aspect à la fois majestueux et délabré, placé à mi-chemin du roc couronné de sapins, et elle sentit qu'elle aimait vraiment cette vieille maison, que tous ceux de sa race avaient contemplée sans doute ainsi, avec le même amour, pendant plus de deux cents ans.

Oui, ils sont puissants, les liens du passé !

La petite étrangère sentait qu'ils la rattachaient au logis ancestral par toutes les fibres de son être.

Devant elle, à gauche du chemin, le joli chalet vosgien disparaissait à demi sous les sapins dont le parc était planté.

Sylvette passa devant une haute grille entièrement tapissée de lierre.

De près, le bibelot d'étagère était une propriété importante, bien entretenue et bien située au-dessus de la vallée, et en dehors du bourg sans en être éloignée.

La jeune fille longea la grille de clôture jusqu'à la descente du chemin dans l'intention de gagner le gué de la Mouzotte pour revenir au Roc à travers les prés.

Elle avait à peine fait quelques pas sur la côte quand une plainte frappa son oreille.

Le bruit semblait venir du fossé, profond à cet endroit.

La jeune fille s'avança vivement et aperçut une brouette renversée à côté d'un gros ballot entouré d'une toile nouée aux quatre coins.

Sans hésiter, elle descendit rapidement dans le fossé et vit derrière le paquet un petit visage pâle plein de larmes : elle reconnut aussitôt une jeune protégée de Mme Humblot, une fillette de quatorze ans qui en paraissait à peine dix, et qu'elle avait rencontrée plusieurs fois chez la veuve.

— Qu'as-tu, Odile? es-tu blessée? dit Sylvette en se penchant vers l'enfant.

— Oui, Mam'zelle, j'me suis blessée en voulant m'garer de l'automobile qui venait si vite. J'ai voulu m'mettre sur l'côté de la route, mais ma brouette était si lourde qu'elle m'a entraînée dans l'fossé, et maintenant j'crois bien que j'ai l'pied cassé.

Les larmes de la petite coulèrent de plus belle, comme elle achevait ces mots.

— Allons, essaye de te lever, dit Sylvette en la soutenant sous les bras, appuie-toi sur moi, je vais t'aider à remonter sur la route.

Mais, quand la fillette essaya de se soulever, un cri de douleur lui échappa, et Sylvette vit en se penchant que sa cheville gauche était énorme.

— Y a-t-il donc longtemps que tu es là? dit-elle.

— Oh! oui, Mam'zelle, bien longtemps!

— Et personne n'est passé?

— Non, personne, seulement une autre voiture du diable.

Et maintenant, qu'est-ce qui va porter mon ballot à la fabrique ? M'sieu Lévy qui l'attend c'soir.....

— Voyons, ne te désole pas ainsi, cela ne sert à rien, on t'aidera. Il faut d'abord sortir de là. Assieds-toi sur ton paquet. Là ! Reste tranquille, je vais aller chercher du secours en ville.

— Pas besoin d'aller si loin. Sonnez chez Mam'zelle Guillemine, voulez-vous ? C'est là, tout près.

En effet, c'était bien simple, le secours était à deux pas.

Sylvette fut bientôt sur la route et devant la porte de la Sapinière.

Elle n'attendit pas longtemps ; au bruit de la sonnette, des pas crièrent sur le sable d'une allée, et un domestique ouvrit la grille.

La jeune fille commençait son explication, quand l'inconnue aperçue la veille parut à deux pas et s'avança avec vivacité.

En quelques mots, Sylvette la mit au courant de l'aventure.

— Une enfant blessée, la petite Odile ! Vite, Michel, allez la chercher, amenez-la ici.

Et sans prendre le temps de mettre un chapeau, elle s'avança sur la route à côté de Sylvette.

— Cela devait arriver un jour, dit-elle à la jeune fille ; cette enfant n'a pas la force de traîner de telles charges, surtout sur les routes mortelles d'aujourd'hui.

— Que porte-t-elle ainsi ? interrogea Sylvette.

— Des draps brodés pour la fabrique. Les paysannes brodent beaucoup dans nos pays, et comme l'été elles trouvent, en outre, d'autres travaux à faire, elles n'ont plus le temps d'aller reporter leur ouvrage. Pour quelques sous, Odile se charge des paquets de tout le voisinage de sa mère, et elle en aura pris cette fois au-dessus de ses forces.

Elles arrivaient auprès de la fillette à demi évanouie sur le paquet plus gros qu'elle.

Tandis que Michel remontait la brouette sur la route, les deux femmes descendirent dans le fossé, et Guillemine prit dans ses bras le petit corps fluet qu'elle souleva comme une plume.

La douleur ranima la fillette ; une plainte s'échappa de ses lèvres, mais Sylvette put voir le regard de tendresse passionnée dont elle enveloppa sa compagne en ouvrant les yeux.

L'enfant et le ballot placés sur la brouette ne semblèrent guère peser aux bras robustes de Michel, et la petite troupe fut bientôt à la grille du chalet.

Guillemine fit porter l'enfant dans une grande pièce du rez-de-chaussée contiguë à la cuisine et de plain-pied sur le jardin, qu'elle appelait le dispensaire.

Tout en essayant d'aider sa compagne, Sylvette put admirer à l'aise la dextérité avec laquelle elle prodiguait les premiers soins à la blessure de la petite.

— C'est une simple entorse, j'espère, dit-elle, mais il y a au moins plus d'une demi-heure que tu es tombée, à en juger par l'enflure.

Elle se fit apporter de l'eau glacée par une petite servante alerte qui était apparue ; sans s'inquiéter des cris de l'enfant qu'elle maintenait doucement d'un bras ferme, elle baigna le pied dans l'eau froide, puis l'entoura d'une bande de toile.

— Et maintenant tu vas te reposer là, sur la chaise longue, pendant que Michel attellera pour te conduire chez toi. Louise va te faire goûter, puis elle t'accompagnera et attendra l'arrivée du docteur afin de me donner de tes nouvelles. Je passerai chez toi, ce soir.

— Et mon paquet, Mam'zelle Guillemine ? M'sieu Lévy qui l'attend c'soir.....

— C'est vrai ! Eh bien ! Michel ira le porter en revenant de chez le docteur.

Elle caressa d'une main douce le front de l'enfant, donna quelques ordres autour d'elle, puis se tourna vers Sylvette qu'elle entraîna au dehors.

D'un geste franc et décidé qui plut à l'Américaine, Guillemine lui tendit la main.

— Je vous ai devinée, dit-elle en souriant avec un peu de malice. Mademoiselle de Lange, me permettez-vous de me présenter sans cérémonie ? Je suis Guillemine Le Meunier. Notre cher curé sera ravi que la connaissance soit faite, car depuis mon retour il ne m'a, pour ainsi dire, parlé que de vous.

Sylvette était conquise par le regard droit et tendre, le sourire spirituel, la pression franche des doigts fins.

— Je suis heureuse aussi de vous connaître, Mademoiselle, fit-elle à son tour. M. le curé m'a, en effet, souvent prédit que je trouverai du bonheur dans votre arrivée.

Elle n'ajouta pas :

— Moi aussi je vous avais devinée.....

Avait-elle vraiment devant elle la femme de quarante-cinq ans qu'elle s'attendait à rencontrer. Le visage fin, auréolé de cheveux mousseux parsemés çà et là de quelques fils d'argent, des rides très légères et à peine visibles sur le front et au coin des yeux, la taille svelte, la démarche souple, tout en cette personne eût plutôt révélé une jeune fille.

Guillemine rit gaiement.

— Je désire de toute mon âme que cette prophétie se réalise, fit-elle, mais notre cher pasteur a la prédiction facile et pas toujours prudente. Il sera surpris d'apprendre que la connaissance s'est faite sans l'intermédiaire de personne et tout à fait en dehors des coutumes de votre pays. Enfin, passons, il vaut mieux que vous connaissiez tout de suite la manière d'être de l'indépendante Guillemine. Voilà 5 heures..... *Five o'clock tea*. Faites-moi le grand plaisir de partager mon goûter.

Sylvette accepta en souriant.

Depuis son arrivée en France, c'était la première fois qu'elle rencontrait un accueil aussi chaleureux.

Guillemine précéda sa visiteuse sur un perron d'une dizaine de marches, l'introduisit dans un long vestibule clair et, passant devant un escalier de sapin verni qui conduisait à l'étage supérieur, elle ouvrit une porte en face d'elle et s'effaça devant Sylvette.

Des livres, des fleurs, des oiseaux, voilà tout ce que celle-ci aperçut en pénétrant dans une grande pièce claire dont les deux fenêtres ouvertes donnaient sur la vallée en face du Roc-aux-Moines.

Les panneaux étaient complètement tapissés de rayons de chêne bruni soutenant d'innombrables volumes aux reliures sombres.

Sur la table longue, recouverte d'un tapis vert tout uni, dans les coins, sur la cheminée, de pâles roses d'automne mettaient une note claire ; les fenêtres voilées d'un grillage très fin étaient garnies de bruyère brune ; des fougères emplissaient l'âtre éteint, et à travers une grande porte entièrement vitrée on apercevait une vérandah pleine de verdure où tous les oiseaux de la forêt semblaient s'être donné rendez-vous.

Quand les deux femmes entrèrent dans la bibliothèque, un petit serin jaune vola au visage de Guillemine, puis repartit se percher derrière le fin grillage de la fenêtre.

— Je vous présente Pitchoun, un indépendant et un solitaire, qui préfère à la société de ses semblables la compagnie des livres, dit Guillemine en riant, tout en avançant vers Sylvette une bergère profonde garnie de coussins.

— Que c'est charmant ! Que vous êtes bien ici ! ne put s'empêcher de dire la petite étrangère.

— Oui, un peu seule parfois, cependant, malgré mes nombreux compagnons.

Elle désignait du geste la vérandah voisine pleine de bruits d'ailes et de gazouillis.

— Quelle bonne idée vous avez eue de peupler ainsi votre solitude !

— Cette bonne idée ne m'est pas venue toute seule, mes nombreux convives se sont, pour ainsi dire, invités eux-mêmes. C'était l'hiver, il y a une dizaine d'années, il neigeait depuis deux jours, et je passais ma soirée, comme d'habitude, dans ma pièce de prédilection, cette vérandah bien chauffée et bien éclairée. Je fus distraite de ma lecture par un petit bruit irrégulier, comme un battement de petits coups sur les vitres. J'approchai du vitrage et vis sur le rebord de pierre couvert de neige deux petits rouges-gorges transis, affamés, attirés par la lumière et la chaleur. J'ouvris tout doucement le châssis voisin ; j'émiettai du pain devant la fenêtre, et mes visiteurs ne se firent pas prier pour accepter mon hospitalité. Ce même hiver, je recueillis encore un chardonneret dans le jardin et deux autres oiseaux de forêt que Michel recueillit à demi gelés. Ce fut le début de ma volière.

— Quelle bonne idée ! répétait Sylvette. Alors, tous ces jolis petits êtres ont été sauvés de la mort par vous ?

— Non, pas tous. L'hiver dans la serre bien chaude avait apprivoisé les premiers. Mieux doués en cela que les hommes, ils ont été reconnaissants et m'ont prouvé leur gratitude en élevant une famille au printemps. Oui, ces vagabonds de la forêt s'étaient si bien accoutumés à leur nouveau *home* que, après les dernières gelées d'avril, quand l'époque fut venue de leur rendre la liberté, la serre semblait avoir complètement remplacé la forêt, car cinq petits becs gourmands s'ouvraient dans les deux nids placés par moi dans les branches. C'est ce qui m'a donné l'idée de les retenir captifs sans en avoir l'air en voilant les fenêtres et les châssis de ce mince grillage qui leur laisse la vue de la vallée. Vous voyez leurs descendants ; chaque année il en naît ; il en meurt aussi ; les premiers couples ont disparu depuis longtemps.

— Et d'autres oiseaux ne viennent-ils plus frapper aux vitres, attirés par ceux-ci ?

— Oui, mais l'hiver seulement, quand la neige et la faim les chassent de la forêt ; j'en recueille ainsi chaque année.

Sylvette s'intéressait de plus en plus. Ce qu'elle savait déjà de cette femme, qui entourait de son exquise bonté les plus frêles créatures, l'attirait passionnément.

Ses yeux s'arrêtèrent successivement sur les murs tapissés de reliures austères, sur la table chargée de revues, sur une grande corbeille japonaise contenant une broderie, des brassières d'enfants, un gros tricot gris.

Un petit cri joyeux lui fit tourner la tête.

Dans un élan de sociabilité, l'indépendant Pitchoun était venu se percher sur le bras du fauteuil de Guillemine.

— Et celui-ci, fit l'Américaine, est-ce aussi un captif volontaire ?

— Oui, jusqu'à un certain point. Je l'ai arraché, sur le port de Marseille, des mains d'affreux gamins qui le martyrisaient. Il avait le bout d'une aile coupé, et ses tortionnaires s'amusaient à lui apprendre à sauter sur une baguette que l'un d'eux tenait à la main. Ce n'était encore qu'un tout petit oiselet, couvert seulement d'un léger duvet. Comme il était déjà à demi apprivoisé, je m'amusais chaque soir à compléter doucement son éducation, en lui rendant la liberté dans ma chambre d'hôtel. Il ne s'est jamais habitué à vivre avec les autres, il avait peur dans la vérandah, je l'ai installé ici..... Et voilà l'histoire de Pitchoun.

Ce que Guillemine ne dit pas, c'est le sermon qu'elle fit, assise au milieu d'eux, aux petits vagabonds de Marseille, en leur achetant l'oiseau.

Elle ne se souvint jamais de ce qu'elle leur dit, mais se rappela toujours les larmes de contrition qui tombèrent comme de grosses perles sur les joues noires de deux des inconscients bourreaux.

Car Guillemine était née apôtre de la charité, et cet amour des pauvres, qui chez Sylvette n'était dû qu'aux circonstances spéciales qui avaient entouré son existence à New-York, où sa profession de journaliste l'avait mise en contact un peu avec tous les mondes, était chez Guillemine un instinct naturel. Guillemine Le Meunier, encore toute petite fille nerveuse et impressionnable, n'avait jamais pu voir un mendiant sans être secouée de sanglots ; plusieurs fois même la description d'une misère faite en sa présence avait provoqué une crise nerveuse. Le seul moyen de calmer cette sensibilité outrée était de lui permettre de faire la charité. Alors seulement, après le don de provisions, de vêtements chauds, de quelques pièces blanches, la fillette retrouvait le cœur de retourner à ses jouets ou à ses livres enfantins fanatiquement chéris.

IX

Après un thé *à l'anglaise*, comme disait la cosmopolite Guillemine, qui avait récolté dans ses nombreux voyages des habitudes de tous les pays, les deux nouvelles connaissances se quittèrent mutuellement enchantées l'une de l'autre.

Comme l'avait pressenti le curé dans sa compréhension de leurs caractères et de leurs natures, elles étaient faites pour se plaire et se compléter.

Après le départ de son hôte, reconduite au Roc en voiture par Michel, Guillemine resta longtemps à rêver dans la nuit tombante, et Louise, la petite femme de chambre, put entrer et allumer le feu préparé dans le gros calorifère de faïence blanche de la vérandah sans attirer l'attention de sa maîtresse.

Guillemine regardait dans la nuit, de l'autre côté de la vallée, la place où elle devinait encore le prieuré.

— Pauvre petite ! murmura-t-elle à mi-voix. Délicieuse créature ! Qu'est-ce qui l'attend ici ? Une grande peine, sans doute, m'a dit M. le curé sans vouloir préciser davantage. Probablement le désenchantement qui est venu me surprendre il y a vingt-cinq ans. Cependant les temps sont changés ; Bourg-Saint-Mathieu s'est rapproché du monde et n'est plus le trou arriéré où le travail féminin était un déshonneur.

Des souvenirs enfouis depuis longtemps revenaient en foule.

Guillemine revoyait sa surprise désappointée devant le *tolle* général soulevé par ses premiers succès : quelques articles enthousiastes publiés, sous la protection d'un ami de son père, dans un journal parisien.

C'était à une époque de luttes chaudes ; la plume élégante de cette jeune femme sérieuse, cultivée, instruite avec amour par un père d'une intelligence supérieure et lancée par Dragnan, le polémiste aimé des Parisiens, avait du premier coup pris bonne place dans les rangs des jeunes écrivains.

Mais, tandis que Paris lui faisait bon accueil, Bourg-Saint-Mathieu, méprisant, se fermait.

Maintenant, sans doute, avec ce goût de lecture qui a pénétré jusqu'aux provinces les plus reculées, cet ostracisme serait-il moins sévère, mais, vingt-cinq ans plus tôt, il avait banni Guillemine de son village natal.

Aigrie, révoltée, elle s'était enfuie, attirée, pauvre papillon, vers la flamme brillante que faisait miroiter la grande ville.

Le papillon, cependant, ne se brûla pas les ailes.

Une catastrophe minière, arrivée dans une ville du Centre où elle se rendit immédiatement et où elle vit de près, pour la première fois, la vie des misérables, non seulement lui inspira un article remarquable et remarqué, mais décida de son avenir.

Désormais, elle ferait fi de la gloire littéraire, mais suivrait son attrait de toujours, et mettrait sa plume au service des malheureux.

Ce fut alors que, chaque semaine, dans le journal de Dragnan, un article vibrant de pitié féminine et de chrétienne charité fit connaître à la France une misère en faisant appel à la générosité de tous.

Et l'article signé « Guillemine » devint le trait d'union entre ceux qui souffrent et les heureux qui peuvent soulager, et le journal où écrivait Guillemine, le canal bienfaisant où coulèrent des flots d'or sur des milliers de souffrants.

La jeune femme voyagea beaucoup, vit la misère sous tous les cieux. Qu'étaient ses petites blessures à elle auprès de ces universels sanglots ?

Un jour, elle reprit la route du village délaissé depuis quinze ans.

Toute rancune était si bien effacée depuis longtemps dans son cœur qu'elle n'en retrouva pas la moindre trace.

Elle reprit possession de la maison paternelle, fidèlement gardée par sa sœur de lait, Maria, retrouva les tombes des êtres chéris, le curé de sa première Communion, et s'installa « chez elle », mots dont, seuls, les errants connaissent la douceur.

La renommée avait apporté à la connaissance des compatriotes de Guillemine plusieurs bienfaits signalés dont elle avait été l'inspiratrice ; aussi le rigorisme bourgeois de ce petit bourg retiré s'était-il relâché à son égard. Elle aurait pu reprendre une place normale parmi ses concitoyens. Elle préféra une studieuse solitude consacrée à la charité, et comme l'avait dit la Marguitte dans son pittoresque langage, les pauvres la connaissaient.

Guillemine avait souffert ; son âme ardente, généreuse, s'était souvent blessée au contact du monde, mais aujourd'hui l'apaisement s'était fait ; dans la réflexion calme, les longues lectures méditées à loisir dans « les livres qui rendent meilleur », elle s'était créé une sorte de philosophie faite de douceur désenchantée, d'indulgence tendre et d'inépuisable charité.

Mais la femme de quarante-cinq ans qui méditait ainsi dans la solitude savait ce qu'il en coûte de luttes pour atteindre à ce détachement, et c'est ce qui lui faisait murmurer, en pensant à la jeune fille enthousiaste, pleine d'avenir, dont elle avait fait la connaissance ce jour-là :

— Pauvre petite !.....

X

Après les pluies d'octobre, la neige vint dès novembre.

La neige dans les montagnes couvertes de sapins est un spectacle féerique que Sylvette contemplait pour la première fois.

Son père avait tenu sa promesse ; elle possédait maintenant Swallow, un poney d'Ecosse, aux jambes fines et agiles, attelé à un tonneau, qui permettait bien des promenades aux alentours.

L'intimité s'était établie entre le Roc-aux-Moines et la Sapinière.

Les petits chevaux ferrés à glace filaient bien sur la neige, et les visites fréquentes entre les deux demeures éloignées ne furent pas interrompues par le mauvais temps.

Grâce à sa nouvelle amie, Sylvette s'aperçut qu'entre les quelques familles aisées que Bourg-Saint-Mathieu appelait « la société » et les pauvres secourus par M. le curé et Mme Humblot, il existait un monde intermédiaire où l'Américaine n'avait pas encore pénétré : celui des artisans, des paysans aisés, des schlitteurs de la montagne dont les femmes brodaient au logis.

La jeune fille comprit que c'était parmi ces simples tout occupés de leurs travaux qu'il fallait chercher les qualités de la race qui l'avaient charmée au loin ; race loyale, simple, pleine de cœur, un peu chauvine et, à part quelques exceptions, peu touchée de la gangrène du siècle, mais fidèle à ses traditions.

Les visites charitables, de plus en plus nombreuses à mesure que l'hiver s'avançait, furent partagées entre les trois servantes volontaires des pauvres, qui avaient pris leur tâche à cœur.

Chaque matin, au dispensaire de Guillemine, les distributions de soupe chaude recommençaient.

Tant que ce rôle de Sœur de Charité laïque avait été tenu par la vieille Mme Humblot ou par l'émancipée Guillemine, il avait été accepté à Bourg-Saint-Mathieu ; mais quand la petite étrangère l'assuma à son tour, cette manière de vivre si complètement différente de celle des jeunes filles de « la société » fut universellement blâmée.

Les mères de famille sensées y avaient vu d'abord un emballement passager qui ne durerait certainement pas ; cependant, quand, après cinq mois de séjour, elles constatèrent qu'il tenait encore malgré les intempéries de la saison, ce fut, parmi ces sages personnes, une critique générale.

A Bourg-Saint-Mathieu, une jeune fille bien élevée aidait, le matin, sa mère au ménage ou dans la surveillance de la maison, s'exerçant ainsi, de bonne heure, à son rôle futur ; elle brodait, l'après-midi, son trousseau dans le salon et ne courait pas les routes toute seule.

La nouvelle venue remplissait exactement le contraire de ce programme ; comment ne se serait-elle pas attiré la désapprobation de toutes les personnes raisonnables ?

Celles-ci ne songeaient pas à la dissemblance de l'éducation reçue dans un pays lointain si différent du leur, à l'abandon de cette jeune fille sans mère, à son inlassable dévouement et à sa charité qui auraient dû cependant hautement parler en sa faveur.

Elles ne voyaient que la liberté d'allures, la différence d'occupations, et ces griefs joints au froissement suscité dans le pays par la vie mystérieuse des habitants du Roc n'étaient pas pour amener des sympathies à l'infortunée Sylvette, qui continuait sa tâche dévouée sans se soucier ni même se douter des sentiments qu'elle soulevait.

Elle avait remarqué, cependant, la froideur subite de Mme Aubry, qui lui avait témoigné tant de bienveillance les premiers temps. Mais elle n'en soupçonnait pas la cause et se doutait encore bien moins qu'elle était la raison d'une désunion grave dans le paisible intérieur du notaire.

Très peu de temps après son arrivée à Bourg-Saint-Mathieu, Sylvette n'avait pas été sans s'apercevoir pourtant que Bernard, « le fils Aubry », comme on disait au bourg, se trouvait souvent sur son chemin.

Elle le rencontrait dans ses promenades, le croisait fréquemment sur la route de la Sapinière et le dimanche sur la place, à la sortie de l'église où il la saluait ostensiblement ; deux fois même, elle l'avait trouvé aux Grands-Etangs, dans ses promenades solitaires à cet endroit préféré.

Dans son inexpérience, la jeune Américaine était bien loin de se douter, non seulement des scènes violentes déchaînées à cause d'elle entre le père et le fils, mais encore de la rumeur publique qui la mariait à ce jeune coq de village, infatué de lui-même, à cet être insignifiant, commun, désœuvré, que, sans sa persistance à se trouver sur son chemin, elle n'aurait même pas songé à remarquer. Elle ne lui avait sans doute pas adressé la parole trois fois.

Grande fut donc sa surprise quand, un jour de novembre, comme elle sortait de l'église et reprenait la route du Roc, Bernard Aubry l'aborda dès la sortie du bourg.

— Mademoiselle Sylvette, dit-il avec une audace cavalière, j'aurais un mot à vous dire ; me permettez-vous de vous accompagner ?

Et sans attendre la réponse de la jeune fille, il marcha à son côté.

Habituée à la liberté américaine, Sylvette n'eût pas songé à se choquer de cette manière d'agir, n'eût été l'air victorieux et satisfait du jeune fat qui attira tout de suite son attention.

— Voilà, reprit-il immédiatement, je pars ce soir. Chez nous, la vie n'est plus tenable, et vous devinez pourquoi. Mais je passe là-dessus pour l'amour de vous. Je suis majeur et je possède l'héritage de mon oncle, qui n'est pas une bagatelle. Avec cela, je cours chercher la fortune à Paris, et, dès que j'aurai réussi, je reviens vous épouser. En voyant ma résolution formelle, mes parents finiront bien par consentir, sinon, je leur ferai des sommations, j'y suis bien décidé.

Devant cette singulière et effrontée déclaration, aussi inattendue qu'audacieuse, Sylvette avait perdu la parole.

— Mais, Monsieur..... balbutia-t-elle.

— Je ne voulais pas partir sans vous dire au revoir et sans vous prévenir que je me suis décidé à rompre avec ma famille pour l'amour de vous. Je sais que dans votre pays les fiançailles se font par consentement mutuel, sans se soucier de l'avis des parents. Laissez-moi maintenant vous accompagner jusque chez vous.

Sylvette avait enfin repris possession d'elle-même.

— Mais, Monsieur, dit-elle, permettez-moi de placer un mot. Vous faites une grave erreur. Il ne peut être question de fiançailles entre nous.

Le jeune fat se méprit sur cette réponse.

— Mais puisque je vous dis que je passe sur tout.

Sylvette ouvrit des yeux étonnés.

— Que voulez-vous dire, je vous prie ? fit-elle sèchement. Je ne vous comprends pas.

— Mais..... que je passe sur votre éducation, sur votre vie, si différentes de celles des filles du pays ; sur cette existence mystérieuse des gens du Roc qui fait jaser tout le monde.

— Je vous comprends de moins en moins, reprit Sylvette, glaciale. Mais c'est inutile. Je vous répète qu'il n'est nullement dans mes intentions d'épouser un jeune homme que je ne connais pas. Adieu !

Et, d'un pas vif et rapide, elle prit le petit sentier du Roc.

Bernard eut un cri d'étonnement et la suivit avec vivacité.

— Vous ne voulez pas dire que vous me refusez, dit-il d'un ton de surprise si intense que Sylvette ne put s'empêcher de rire de bon cœur devant ce comble d'orgueil villageois.

— Mais si, je *vous refuse*, dit-elle en se retournant à demi, sans cesser de monter avec rapidité. Inutile, donc, de me suivre plus longtemps. Bonsoir, Monsieur.

Et d'un pas léger, habitué au sentier où le lourd Bernard

glissait, elle disparut au prochain tournant, tandis que son rire amusé montait dans le soir descendant.

Quand elle se vit bien seule, elle ralentit le pas.

Quelque chose encore venait de se détruire dans ses illusions.

Dans cette aventure, dont elle n'eût dû retenir que le côté comique et ridicule, une chose, une seule chose l'avait frappée et lui revenait maintenant à l'esprit ; bien plus que le sot orgueil du naïf jeune homme, qui semblait ne douter de rien, c'étaient ses inexplicables « concessions » qui presque la troublaient : « Je passe sur *tout*, sur votre éducation, votre vie mystérieuse qui fait jaser tout le monde. »

Et tout de suite, les pensées les plus amères affluèrent à son esprit. Peu préparée à ce choc, elle les accueillit sans résistance, s'y complut, amplifiant même l'importance de la révélation que lui apportait la maladresse insigne du fils Aubry.

C'était cela, la douce patrie, tant chérie de loin, tant appelée dans ses rêves ! Qu'y avait-elle trouvé ? Des femmes distantes, presque arrogantes, des critiques, des médisances, une sourde hostilité, et, à la fin, par-dessus tout, l'insulte de ce jeune fat.

Oui, l'insulte..... Car c'était cela seulement qu'elle avait retenu. Ne songeant même pas à ce qu'il pouvait y avoir de vrai et de réel dans les sentiments intimes du jeune homme pour elle, dans son exaltation elle ne sentait que la blessure.

C'était donc cela : « France la doulce », que tant de poètes ont chantée ?.....

Oui, des poètes qui n'avaient vu les choses qu'à travers un voile doré. Et elle, Sylvette n'avait aperçu que la froide réalité.

D'autres visions défilèrent devant son esprit tourmenté : Guillemine, le vieux curé, Mme Humblot, d'autres encore qu'elle connaîtrait sans doute un jour. Et puis, Bourg-Saint-Mathieu n'était pas la France entière, après tout.

Oui, mais c'était *son pays*, celui de son père, celui où elle voulait et devait vivre, et elle sentit tout à coup, comme par une révélation terrifiante, qu'elle ne *pourrait* pas vivre là ; que, petite fleur venue d'un pays lointain, il lui aurait fallu, pour s'acclimater au sol rude de la montagne, les dures racines des sapins.

TROISIÈME PARTIE

LE JOURNAL DE SYLVETTE

I

24 décembre 19....

Les grosses ramettes de papier blanc dorment depuis trois semaines sur un coin du bureau, ma machine à écrire est muette et mon stylo n'a servi qu'à griffonner quelques cartes de Christmas à mes amies lointaines.

J'ai le spleen !..... Je m'ennuie !.....

Oui..... C'est bien moi qui viens d'écrire ces mots formidables que je croyais ne pouvoir prononcer jamais : je m'ennuie !.....

Et c'est cependant Christmas-Even, la veille de Noël tant chérie, le jour béni entre tous les jours.

Ce matin, après la messe, j'ai vu mon bon curé. Il fallait me préparer à la grande solennité de la nuit prochaine. Et c'est pour suivre un de ses conseils que je viens de poser mon stylo sur une ramette blanche.

Mais aucune idée nouvelle n'est venue courir sur le papier, et la *Review* n'aura pas encore son article cette fois-ci.

Une lettre de Douglas Junior est devant moi. Ils ont la bonté de s'étonner, là-bas, de mon silence.

J'ai répondu deux mots vagues, prétextant une indisposition.

Et il me semble que jamais plus, jamais plus, je ne ferai partie de mon cher journal.

Quand je pense à ceux de là-bas, je sens si bien que je ne suis plus des leurs.

Que diraient, par exemple, Douglas Junior ou Mr Smith en me voyant ainsi occupée à « écrire mon journal », comme une héroïne de roman sentimental, ou, plus simplement, comme une banale vieille fille que je serai sans doute bientôt.

Ce terme de « vieille fille » évoque toujours pour moi le souvenir de Mlle Clémence.

Mais ne manquons pas à la charité.....

Pourquoi ne pas penser, au contraire, à Guillemine ? C'est

que ma chère Minna n'est pas et ne sera jamais une « vieille fille » ; c'est une « bachelor ». Voyons le dictionnaire.....

Bachelor : célibataire.

Disons donc : Guillemine est et restera une célibataire et ne sera jamais une vieille fille..... Je me comprends

Cette délicieuse Guillemine ! Quelle bénédiction pour moi de l'avoir rencontrée, et combien M. le curé avait raison de me prédire le bonheur dans sa compagnie !

Il me semble parfois l'avoir déjà connue. Elle me fait penser à *la Solitaire* de Franz Müller. C'est cette même vie élevée, raffinée dans tous ses détails, cette même âme de charité. Et avec cela si simple, si toute à tous, si enfant parfois.

Je pensais à cela hier en la regardant avec ses oiseaux, dans sa vérandah ; tous ces hôtes familiers arrachés au froid de l'hiver. Elle me faisait donner une représentation par deux de ses favoris, deux moineaux : Gavroche et Marmouset, intelligents comme des caniches, et qu'elle a dressés à faire des tours de saltimbanques.

Elle m'a aussi réconciliée avec les romans de mon cher Franz Müller, auxquels je gardais un peu rancune depuis la déception que m'avait apportée la brutale réalité des choses.

Grâce à Guillemine, je comprends maintenant que les dames du Vestiaire de Bourg-Saint-Mathieu ne sont pas *la France*.

..... Combien cela me semble étrange d'écrire en français ! C'est pourtant ma langue maternelle, la seule parlée pendant mes six premières années, et cependant je suis sûre de n'avoir pas, dans toute ma vie, écrit dix lettres en français.

How funny !..... Non, pas un mot d'anglais, faisons ceci comme un devoir.

Mais c'est plus agréable qu'un devoir ; c'est plutôt..... comment dire ? Cela me fait l'effet de me regarder moralement dans une glace. Oui, c'est bien cela ! Un journal intime doit être une façon de petit miroir de l'âme.

Et j'éprouve un vrai plaisir à voir ma plume courir de nouveau sur le papier blanc.

Sans les avis de mon curé, ce matin, je reprenais aujourd'hui mon occupation favorite de l'après-midi depuis trois semaines.

Les heures passées autrefois à écrire, je les emploie maintenant à patiner depuis que.....

Eh bien ! oui, disons-le franchement, depuis qu'un monsieur mal élevé s'est permis de me manquer de respect.

Ces procédés bizarres me sont restés sur le cœur.

C'est la goutte d'eau qui a fait déborder la coupe pleine. Je me suis sentie mise tout à fait en marge des autres.

Depuis notre arrivée dans ma belle France, je me sentais étrangère, pas adoptée par mes compatriotes, et la manière d'agir de ce rustre m'a prouvé la vérité de ces sentiments mal définis.

Enfin, ne revenons pas là-dessus ; c'est enterré, et tout doit être oublié.

Il me faut, paraît-il, essayer de remonter la côte, reprendre mes occupations des premiers jours, ne pas négliger ma profession et surtout, surtout..... ah ! cela est bien le plus difficile, reconquérir mon père.

C'est Christmas-Even, l'ère nouvelle, l'année qui commence. Mon curé a raison, commençons-la bien.

La matinée s'est passée comme de coutume, avec Guillemine et Mme Humblot.

Nous avons fait une tournée générale parmi nos impotents, ceux qui ne pourront pas venir demain à l'arbre de Noël : quatre vieilles paralysées, logées à peu près aux quatre points cardinaux du bourg et dont nous nous partageons les soins ; deux vieux ménages qui possèdent chacun un conjoint infirme et un vieux grand-père bien négligé de ses enfants et qui serait mort depuis longtemps sans Mme Humblot.

Ensuite j'ai accompagné Guillemine chez elle pour lui donner un dernier coup de main à la préparation de l'arbre gigantesque placé dans la grande pièce du rez-de-chaussée attenante au dispensaire.

J'étais ici à midi pour le lunch. Père a déjeuné avec moi pour se retirer ensuite chez lui, comme d'habitude.

Qu'y puis-je ? Comment arriver à changer cette coutume ? Je l'ignore et attends les événements ; mais, au lieu de prendre mes patins et de courir aux Grands-Etangs me griser d'air libre et d'espace, je me suis assise devant ces feuilles blanches qui se noircissent tout de même.

Et l'heure passe, et il neige..... Il neige.....

« Il pleut des plumes de colombes », disait Guillemine ce matin. J'aime cette pensée-là.

Que la neige est belle dans les montagnes de sapins et comme elle reste blanche !

A New-York, au bout d'une demi-heure, c'est une bouillie noirâtre bientôt enlevée par les équipes des balayeurs.

Ici, on a le temps de jouir de cette blancheur qui s'étend partout.

Pour l'instant, cependant, la vue est bornée ; au delà de la cour, la vallée disparaît dans un vrai brouillard de plumes.

Quand le dernier flocon sera tombé, je monterai à l'observatoire de père pour contempler la vallée et les Vosges lointaines, comme je fais à chaque nouvelle chute de neige.

3 heures sonnent et la solitude est complète.

J'avais cependant paré le studio comme pour une grande réception.

Sur la cheminée, au milieu du plafond, autour des fenêtres et des portes, dans les encoignures, partout, du houx et du gui.

Dans la grande cheminée brûle un feu de bois monstre qui ne s'éteint jamais, car Marguitte a le talent de l'arranger pour la nuit, et c'est nécessaire ici.

J'ai mis le paravent près de la cheminée, mon bureau devant, cela coupe en deux la galerie, et l'on jouit dans ce coin d'une température de serre.

J'espérais que père s'y installerait toute l'après-midi avec ses livres et ses journaux, mais il a refusé mon invitation.

Pour ce soir, une bûche énorme est préparée, un vrai tronc d'arbre que nous avons décoré nous deux Marguitte.

C'est une bûche de Noël tout enrubannée de guirlandes de mousse.

Nous la placerons pour la veillée, et peut-être mon père consentira-t-il à la voir brûler.

Mon curé, vos conseils sont plus difficiles à suivre que vous ne pensez : enlever mon père à sa solitude, lui en arracher le secret, tâche qui doit passer avant tout, même s'il faut pour cela sacrifier le reste.....

Mais je ne puis ou ne sais faire davantage, et j'attends.

Guillemine passe son après-midi et la veillée chez Mme Schwartz, la propriétaire des Combes, le beau grand chalet à mi-chemin des ruines de l'abbaye.

Cette dame est revenue tout récemment d'un séjour en Allemagne où elle a passé l'été et l'automne auprès d'un neveu.

Elle est, paraît-il, paralysée des jambes, et on ne la voit jamais ; mais sa société serait des plus charmantes, et Guillemine, qui l'aime beaucoup, voulait absolument me présenter chez elle. J'ai refusé. Pas de nouvelles connaissances.

Une diversion : Marguitte entre avec un paquet envoyé par Mlle Le Meunier. C'est son présent de Christmas qui s'est croisé avec le mien. James lui porte en ce moment-ci un couvre-théière, merveilleusement brodé par la mère de la petite Odile, qui travaille comme une fée.

J'aime à tenir un instant fermés les paquets-surprises.

Que contient celui-ci ? Un livre, c'est certain.

Quel genre de livre ? Un ami, sans aucun doute. Je *sais* que j'aimerai ce livre-là, qu'il me fera du bien, puisqu'il a été choisi par Guillemine.

Ouvrons le paquet.

*

C'est un livre, en effet, et..... un livre de Franz Müller.

Dans une très jolie couverture de maroquin rouge portant dans un coin mon chiffre en vieil argent, c'est, joliment relié, le dernier ouvrage de cet auteur qui m'a toujours attirée invinciblement, et dont, pour l'instant, les revues sont pleines, à cause, justement, de l'apparition de ce volume, réunion de nombreux articles parus dans divers journaux.

Une liseuse d'ivoire ancien marque une page, et je lis, imprimé sur le premier feuillet :

A Mademoiselle S. de L.
l'amie lointaine qui a si bien
compris et interprété mon âme solitaire,
je dédie ce livre.
F. M.

Que veut dire ceci ?..... Je n'ose comprendre.....

S. de L., mes initiales, la page marquée..... serait-ce moi ?

Et Franz Müller, l'auteur mystérieux, serait-ce ?..... O Guillemine !.....

*

Et je lis, je lis, des pages et des pages.

Ce n'est pas, cette fois, un roman, ni un recueil de légendes.

C'est une série d'articles, presque tous, semble-t-il, sur la charité, autant que j'en puis juger par ce premier coup d'œil, et j'y retrouve, à côté d'un cri d'amour vibrant pour la détresse humaine, le style tant aimé.

Il m'a toujours semblé, en lisant Franz Müller, que ses phrases avaient des ailes, ou bien que sa plume, au lieu de gratter le papier, faisait vibrer les cordes d'une harpe pour des accords aériens.

Je ne lis plus, j'ai la fièvre. Sortons un peu.

Il ne neige plus, la nuit tombe.

Montons voir descendre le soir sur le paysage tout blanc.

II

Même soir, 10 heures.

Décidément, il suffit de commencer son journal pour faire surgir les événements.

J'ai vu la folle. Je l'ai rencontrée sur les hautes sentes.

Enveloppée de ma grosse mante à capuchon, chaussée de snow-boots, j'étais montée jusqu'à l'observatoire de père, sorte de cellule de verre qu'il a fait construire sur une étroite plate-forme, au-dessus du prieuré.

La neige ne tombait plus, le ciel s'éclaircissait et le désir me vint de monter plus haut pour voir plus loin.

Je vais rarement sur les sentes qui mènent au sommet de notre Roc-aux-Moines. Je ne suis même montée qu'une fois jusqu'en haut, cet été.

On y jouit d'une vue superbe et très étendue, et cette sorte d'aiguille plantée de sapins n'est accessible que par les sentiers qui partent du prieuré.

Je montais lentement pour ne pas glisser, me retournant à chaque pas pour contempler la vallée blanche, quand, à un détour du chemin, j'aperçus des pas sur la neige.

Ces pas venaient d'un petit sentier qui rejoignait le mien, et les traces étaient récentes.

A un second coude du chemin, je vis devant moi une grande femme maigre qui redescendait.

Elle était enveloppée d'une longue mante noire que ses bras retenaient serrée étroitement autour d'elle ; deux mèches de cheveux gris s'échappaient du capuchon rabattu sur son front et tombaient sur un visage tout blanc.

Vue ainsi, au crépuscule, sous les sapins chargés de neige, cette apparition avait quelque chose d'un peu fantastique.

Au premier moment, je ne devinai pas qui elle pouvait être, et la pris pour une femme du pays, tout en me demandant comment elle se trouvait à cet endroit où l'on ne peut parvenir qu'en passant par le prieuré.

Puis je fus frappée de son air étrange.

Deux yeux gris d'acier me regardaient fixement.

Elle avança de quelques pas, et instinctivement je m'effaçai sur le côté du sentier pour la laisser passer, mais elle s'arrêta devant moi.

Et ainsi, face à face, l'expression de son visage me glaça ; je reculai encore.

Alors elle eut un ricanement, et, sortant son bras droit de sa mante, elle tendit vers moi un long doigt osseux en disant en anglais :

— Egoïste, indifférente..... sans cœur..... mais elle aussi est maudite..... maudite..... et c'est la vengeance.

Ces paroles, dites sur ce ton, me causèrent, je l'avoue, une très désagréable impression.

Ce fut seulement quand cette femme étrange se fut éloignée de quelques pas que je soupçonnai qui elle pouvait être.

Ces yeux hagards, haineux ; ces mots extraordinaires, en anglais, ce ne pouvait être que la folle.

Mais comment était-elle là ? Qu'allait-elle faire ?

Je m'élançai à sa suite sur le petit sentier très raide qui descendait vers la chapelle.

— Emmy, Emmy ! Attendez-moi ! criai-je en anglais.

Elle s'arrêta et se retourna vivement, puis reprit sa course de plus belle pour disparaître quelques mètres plus loin.

J'arrivai ainsi jusqu'aux ruines de la chapelle et me trouvai devant l'ancien mur.

J'entendis un bruit de serrure et aperçus une petite porte basse à demi cachée sous le lierre.

Emmy était rentrée par là en refermant la porte derrière elle.

Je restai quelques minutes un peu bouleversée ; puis je me dis que cette malheureuse était privée de raison et que ses paroles ne pouvaient avoir aucune signification.

Mais pourquoi sortait-elle seule, comment se promenait-elle ainsi, dans le crépuscule, sans surveillance ?.....

Je me souvins alors que James faisait une course pour moi chez Guillemine. Sa femme avait profité de son absence pour prendre la clé des champs.

Comme j'arrivais dans la cour, James rentrait. Je le mis au courant de la rencontre que je venais de faire.

Il en parut un peu contrarié, mais non troublé, et me dit seulement :

— Soyez sans inquiétude, Miss ; ma femme se promène souvent ainsi sur les sentiers du haut; le grand air lui fait du bien, et il n'y a aucun danger pour elle..... ni pour les autres.

Puis, avec un geste d'indifférence ou de lassitude, il me quitta.

Je connais donc enfin cette créature mystérieuse qui m'a tant intriguée et même tant effrayée l'été dernier, un soir d'orage, par un cri lugubre que je n'oublierai jamais.

Dieu merci ! la réalité est moins tragique que les suppositions. Elle se réduit à une pauvre maniaque inoffensive à laquelle je rappelle, sans doute, de pénibles souvenirs, et c'est probablement pourquoi mon père m'a toujours interdit de la voir.

Oublions-la et évitons à l'avenir de nous trouver sur son chemin ; mais je me souviens, cependant, que cette femme a nourri et élevé ma mère, et j'aurais aimé la gâter un peu.

Marguitte avait servi le thé comme d'habitude dans le studio. Elle fait maintenant très bien le thé, Marguitte. Je l'ai dressée à ne plus fabriquer une insipide tisane avec mon Ceylan parfumé qui m'arrive directement d'un magasin de Piccadily, et, en bonne Lorraine qui connaît le prix d'une gourmandise, elle a eu bientôt dépassé son professeur.

Rien de plus délicieux, surtout après une promenade dans la neige, qu'une tasse du chaud breuvage au goût de fleurs, voilé d'un nuage de la crème savoureuse apportée chaque matin d'une ferme d'en bas.

Aujourd'hui, outre les toasts beurrés et les fours secs, il y avait la surprise d'un superbe gâteau mousseline, friandise prélevée sur le festin du réveillon qui occupe notre cordon bleu depuis deux jours.

Père est venu goûter avec moi et il est resté jusqu'au dîner.

Nous avons très peu causé. Papa s'est plongé très vite dans la lecture d'un de ses nombreux magazines, et j'ai rouvert *Sur les Chemins*, le beau livre de Franz Müller.

J'avais préparé pour père une surprise glissée d'avance dans sa serviette : une originale et minuscule pendulette de bureau découverte par grand hasard chez un horloger des Haubières, où j'ai accompagné Guillemine, la semaine dernière, pour les emplettes de Noël ; mais quand nous sommes entrés tous les deux dans la salle à manger le plus grand étonnement a été certainement pour moi.

Sur ma chaise était posé un volumineux carton provenant d'un grand magasin de Paris, et, au risque de faire refroidir le potage, il m'a fallu le déballer.

Le carton contenait un magnifique manteau de loutre et la plus délicieuse petite toque qui soit.

La fourrure douce m'enveloppe jusqu'aux pieds et se marie à la nuance délicate de la doublure, un beau satin broché d'un bleu lavande. Sur la toque, derrière l'oreille gauche, une petite tête et des queues d'hermine.

C'est un cadeau princier. J'ai sauté au cou de papa, ne sachant comment le remercier.

Il a paru satisfait de mon enthousiasme, et j'ai remarqué une petite larme au coin de ses yeux.

Mais pourquoi, pourquoi cette folie dans notre trou ?

— C'est à cause du grand froid de nos pays. Je te voulais une fourrure chaude..., et il faut bien dorer un peu les murs de ta prison, ma pauvre petite.

Je l'ai de nouveau embrassé pour lui fermer la bouche.

À ce moment, Marguitte fit une discrète apparition à la porte pour jouir de ma surprise.

Papa m'expliqua que la brave fille avait participé pour sa large part aux préparatifs en prenant les mesures d'un de mes manteaux et en vérifiant à l'arrivée du colis s'il n'y avait pas eu d'erreur.

J'ai remercié notre excellente servante en lui offrant tout de suite mon petit présent en espèces, réservé pour le dessert.

Vraiment, M. le curé a eu la main heureuse en nous trouvant cette perle rare, qui me semble d'autant plus précieuse après mes épreuves avec les domestiques américains.

Père a paru ravi de sa pendule, qui faisait piètre figure à

côté de son cadeau à lui, et le dîner s'est achevé gaiement en rappelant les souvenirs des Noëls passés.

A ce propos, père m'a demandé pourquoi je ne mets plus mes bagues ; j'en porte seulement une à la fois.

Car les bagues étaient et sont encore une de mes folies, et depuis le Noël de mes dix-huit ans, père m'en offre une belle chaque année. J'en ai donc six superbes, que je portais toujours et que j'avais en ce jour mémorable du Vestiaire.

Je les enlevais le matin, naturellement, pour aller voir nos pauvres vieux, mais je les remettais en rentrant jusqu'au jour où l'excellente Mme Humblot « s'est crue obligée, m'a-t-elle dit, de m'avertir charitablement qu'il était très mal porté pour une jeune fille, en France, de mettre à la fois un aussi grand nombre de bijoux ».

Que c'est drôle ! A New-York, les jeunes filles portent les bijoux qu'elles veulent, autant qu'elles veulent et suivant leurs moyens.

Alors je mets maintenant mes bagues l'une après l'autre. Il ne m'en manque qu'une pour en avoir pour chaque jour de la semaine.

Je croyais la récolter ce soir et je me demandais comment elle serait.

Mais je préfère mon superbe manteau.

Et pourtant, non; une bague se dissimule sous un gant, mais cette fourrure superbe va sans doute me créer des envieuses, et je n'en ai guère besoin.....

Mme Humblot va peut-être me dire encore qu'une jeune fille française ne porte pas de fourrures.

Que c'est donc compliqué d'avoir à consulter le goût de ses voisins avant de s'habiller, et comme je me sens loin de la « libre Amérique » !.....

..... Ce soir, père est revenu au studio pour allumer la bûche et veiller avec moi.

Nous avons invité Marguitte afin qu'elle nous raconte des légendes de circonstance.

Elle en a une véritable provision en réserve, et j'ai remis toutes mes bagues pour faire honneur à mes invités.

Qu'elles sont jolies et que cela me fait donc plaisir de les revoir briller toutes ensemble !

Étant très petite, j'ai une main de fillette qui paraît encore plus minuscule quand mes jolies bagues y sont.

J'aime surtout celle du Noël de mes vingt et un ans.

En l'honneur de ma majorité, père avait fait des folies, et j'ai reçu un demi-jonc de poupée surmonté de deux énormes perles rondes, d'un blanc laiteux aux reflets de velours.

Guillemine l'admire beaucoup, et elle me disait l'autre jour en la regardant :

— Quel cadeau votre fiancé pourra-t-il vous faire, petite fille ? La bague qu'il vous donnera sera difficilement plus jolie que celle-ci.

— Mon fiancé, Guillemine ? Ne savez-vous pas que je suis, comme vous, fiancée avec mes livres et mes pauvres.

Nous vieillirons ensemble, ma vieille Guillemine.....

..... La grosse bûche flambe avec des crépitements joyeux.

Père est resté près de nous jusqu'à 10 heures, puis il m'a demandé la permission de se retirer chez lui avant de nous accompagner à l'église.

Je soupçonne un peu que les histoires de Marguitte ont eu sur lui un effet soporifique.

Quelques-uns des contes de la bonne fille m'ont intéressée, et j'y glanerai peut-être, pour l'année prochaine, quelques légendes poétiques du Vieux Monde qui plaisent tant au monde nouveau.

Marguitte est partie à son tour faire une petite sieste, et j'ai repris mon stylo ami.

C'est vrai que c'est amusant de faire son journal. Cela prouve aussi que l'on a le temps de se sentir vivre ; que la journée nous tient en réserve quelques heures de loisir et que la vie s'écoule sagement, raisonnablement, sans brûler les étapes.

La regretterais-je, par hasard, ma vie d'autrefois ?

En vérité, je ne le sais pas. Je me sens moins égoïste ici qu'à New-York ; mais c'est si étrangement différent de là-bas, qu'il me faudra de longs mois encore, je pense, pour me sentir « at home ».

. . . .

L'année dernière, à cette heure-ci, que faisais-je ? Je dormais, sans doute.....

Oui, j'avoue, à ma honte, n'avoir assisté qu'une fois à la messe de minuit.

La chapelle catholique était si éloignée, et la veillée de Noël sans messe à la fin ne me tentait pas.

Il y a trois ans, nous avons assisté, père et moi, à la messe de minuit.

Miss Cowper tenait l'orgue à la chapelle de Green-Park, et elle nous avait offert des cartes ainsi qu'à Kathleen Green pour assister à l'office.

Dans la petite chapelle, l'assistance était nombreuse et choisie. Les fourrures s'écartaient, laissant voir les robes claires et soyeuses, les bijoux de prix. A la sortie de l'église, tous ces snobs devaient réveillonner, sans doute, dans un restaurant chic de la Cinquième Avenue.

Les chants furent beaux, l'organiste se surpassa, et cependant..... il me manquait quelque chose.....

Quoi ? Je n'aurais su le dire. Un peu de poésie, sans doute.....

Mes anciens concitoyens font très bien les choses, savent goûter un plaisir raffiné ; toutefois, je les crois rarement artistes. Beaucoup trop occupés pour cela.

Je songeais pendant la cérémonie : « Est-ce un Noël qu'aime Jésus ? » Et je voyais en imagination une petite église de village et un Noël tel qu'on en voit dans Franz Müller.

Je vais en voir un tout à l'heure. Sera-t-il selon mon rêve ?

Après la messe, nous sommes allés réveillonner au Palace-Hôtel avec Kathleen et Miss Cowper.

Nous y avons retrouvé quelques amis de Miss Green, des journalistes, entre autres Mr Smith, qui était alors mon « patron » depuis quelques mois seulement.

Père était gai, ce soir-là, et causait agréablement.

Que ce temps me semble lointain !.....

..... 11 heures sonnent, j'entends Marguitte monter l'escalier. Il faut commencer les préparatifs de départ, s'envelopper chaudement (j'étrenne ma nouvelle parure) et partir de bonne heure. La cérémonie commence à l'église à 11 h. 1/2 ; on chante des cantiques, des noëls villageois, avant la messe.

Depuis deux mois, les confrériennes de Mlle Rose s'exercent ; quelques-unes ont de jolies voix.

..... Le conte commence.

Nous allons partir par une nuit sans lune, sur les sentiers couverts de neige, avec chacun notre lanterne pour éclairer le chemin.

III

25 décembre, 2 heures du matin.

Jamais je ne pourrai dormir. Veillons donc près de la grosse bûche qui brûle toujours, à peine diminuée.

Le conte s'est continué.

Nos lanternes à la main, par les chemins ouatés de neige bien blanche, nous sommes arrivés tous les trois à l'église.

A mesure que nous approchions du bourg, d'autres points lumineux s'avançaient, faisant l'effet de vers luisants dans la nuit noire.

C'étaient des paysans emmitouflés jusqu'aux oreilles dans leurs cache-nez, des paysannes, des enfants, enveloppés de capelines, qui s'acheminaient tous vers l'église, comme nous, une lanterne à la main.

Nous n'étions pas les premiers arrivés ; la nef était déjà pleine.

Pour la première fois depuis bien des jours, mon père reprenait sa place à l'église dans le banc familial.

La tête dans mes mains, je priais avec ferveur.

C'est la nuit encourageante entre toutes ; celle où l'Ami divin est venu sur notre terre aider et soulager ceux qui sont chargés, et, de toute mon âme, j'implorais son secours.

Soudain l'orgue vibra sous une main puissante et expérimentée, l'orgue de la tribune dont on ne se sert qu'aux grandes fêtes ; des doigts artistes firent éclater un chant victorieux.

Puis les notes s'adoucirent, devinrent mystérieuses.

Alors une voix s'éleva dans le silence recueilli, une voix de baryton, profonde et merveilleuse, jeta dans l'église les premiers mots du chant de délivrance :

Minuit..... chrétiens.....

Sans faire un mouvement de peur de faire évanouir la voix de rêve, le visage voilé pour cacher mes larmes, j'écoutais, j'écoutais.....

Chacune des paroles du beau noël que je sais par cœur, mais que j'entendais chanter pour la première fois, entrait dans mon cœur.

Et quelle expression dans ce chant de victoire ! Quel artiste inconnu pouvait chanter ainsi ?

Les derniers mots : « Peuple, debout ! » éclatèrent dans l'église, et le dernier « Noël ! au Rédempteur » sembla vraiment sortir de tous les cœurs des assistants.

Puis l'orgue seul reprit une ritournelle naïve où l'on entendait la flûte, le hautbois, les pipeaux des bergers.

La voix s'éleva de nouveau, dit doucement, tendrement une villanelle d'un mode précieux et suranné.

La messe commença ; le bon curé monta à l'autel, et la voix se fit entendre encore dans un beau *Gloria*.

Ensuite on ne l'entendit plus, mais tout le temps de la messe l'orgue chanta comme si l'âme endormie du vieil instrument se réveillait enfin.

Il accompagna le *Credo*, chanté avec un seul cœur par tous les assistants ; joua un superbe « Offertoire » et soutint en sourdine les noëls naïfs des petites confrériennes qui perdirent leur banalité.

Presque tout le monde communia, et, pour la première fois depuis mon arrivée en France, je me sentis une seule âme avec les assistants.

Belle union des cœurs catholiques que l'on sent si bien dans les cérémonies religieuses, pourquoi faut-il que vous soyez troublée par les mesquineries du monde ?..... Je croyais vous retrouver hors du sanctuaire dans un pays catholique..... mon attente a été un peu trompée, et c'est là, sans doute, ma déception.....

La messe de l'aurore fut dite aussitôt, puis la foule s'écoula sur la place, et là seulement, en sentant l'air vif sur mon visage, je revins sur terre.

Guillemine, souriante, était devant nous.

— Eh bien ! Quelle surprise ? s'écria-t-elle.

— En effet, répondit mon père ; quel incomparable artiste s'est fait entendre ce soir ?

— C'est Eric Schwartz, arrivé inopinément ce soir pour faire une surprise à sa tante et à sa marraine. Mais je l'aperçois qui vient ; permettez-moi de vous présenter mon filleul.

Un homme de haute taille s'avançait vers nous. Guillemine le nomma avec fierté, et mon père lui serra chaleureusement la main.

J'aperçus vaguement un front élevé sous des cheveux longs et bouclés et deux yeux profonds, des yeux d'artiste.

Et c'est tout. Nous avons quitté Guillemine et son grand filleul pour reprendre le chemin du retour.....

..... Dans le studio bien chaud, la petite table toute servie où le samovar ronronnait nous attendait pour le réveillon religieusement soigné par Marguitte.

Père m'a dit :

— Je suis vraiment content de t'avoir accompagnée ce soir. C'était Eric Schwartz..... Cela ne m'étonne plus ; mais n'est-il pas dommage qu'un tel régal artistique ait été servi à ces rustres ! Enfin, nous en avons profité.

— O père, m'écriai-je choquée, pensez-vous que ces braves gens n'aient pas joui autant que nous !..... Et puis, je pense qu'il chantait surtout pour le bon Dieu.

— C'est vrai, reprit papa, je crois que tu as raison ; un croyant seul pouvait chanter ainsi.

Oui, un croyant seul pouvait chanter ainsi.

..... Quel beau, quel merveilleux Noël !.....

La vieille petite église décorée de branches vertes qui embaument l'air d'un âcre parfum de résine ; le vénérable curé aux cheveux blancs; la crèche de papier gris où l'âne et le bœuf soufflent consciencieusement sur le Jésus rose et joufflu ; les paysans simples et recueillis ; tous les fronts courbés dans une même prière, ah ! c'était vraiment le Noël qu'aime Jésus.

..... Il est très tard ; il serait raisonnable d'essayer de prendre quelques heures de repos avant de redescendre à 10 heures pour la grand'messe.

L'artiste chantera-t-il encore ?

IV

31 décembre, 11 heures.

C'est la dernière heure de ma première année de France. Je la termine bien, cette première année.

Quels jours heureux que ce temps de Noël ! J'en jouis de tout mon cœur, et si bien que, depuis une semaine, je n'ai pas pris une plume.

Il eût été bon cependant de récapituler chaque soir par écrit un à un ces bons jours ; c'était le seul moyen de les fixer.

D'abord la belle fête de Noël à l'église. Celle-là est indescriptible.

L'enchantement s'est continué pendant la grand'messe, puis pendant les vêpres et le magnifique salut.

M. le curé avait avancé l'heure des vêpres pour permettre aux invités de Guillemine d'y assister.

Je savais qu'à cause de sa réception de l'après-midi, Guillemine déjeunait chez elle. Je m'y suis donc rendue tout de suite après le lunch, et j'ai trouvé ma grande amie occupée à vérifier les derniers préparatifs.

Un sapin gigantesque était planté dans un grand baquet placé au milieu du hall, très grande pièce qui occupe le rez-de-chaussée avec le dispensaire et la cuisine et où s'affairaient Maria, Louise et même Michel.

J'ai commencé par embrasser Guillemine en la remerciant chaleureusement, puis, tout à mon idée fixe, je lui ai dit :

— Puis-je deviner qui est Franz Müller et percer son incognito ?

Guillemine a souri sans répondre, et prenant ma main elle me fit monter l'escalier de bois qui, dans un coin du hall, conduit à l'entresol, et m'introduisit dans la bibliothèque.

Là, elle prit dans un tiroir de son bureau un volume que je reconnus pour un exemplaire de l'édition anglaise de *la Solitaire*, ma traduction, et je lus sur la feuille de garde ces mots tracés de mon écriture :

A Franz Müller.
Humble hommage d'admiration.
Sylvette de Lange.

Je serrai ma Guillemine sur mon cœur.

— Mon amie, lui dis-je, combien vous m'êtes doublement chère maintenant, et comme je comprends bien des choses mystérieuses jusqu'ici.

Guillemine souriait doucement et dit en mettant une main sur mon épaule :

— Petite emballée, n'y a-t-il pas, au fond de votre enthousiasme, une ombre de déception ? Vous connaissez le proverbe :

« Il y a loin du rêve à la réalité..... » Le mystérieux inconnu doué d'un tel charme lointain qui se trouve être une simple vieille fille de campagne !.....

— L'auteur aimé de mes livres préférés se trouve être mon amie la plus chère, la plus charmante des femmes, l'idéal incarné des romans de Franz Müller. La réalité vaut les plus merveilleux rêves.

Pitchoun, que j'avais oublié, était sûrement de cet avis. Il vint avec un cri joyeux se percher sur l'épaule de Guillemine et se mit à contempler avec son air de vieux philosophe le livre que je tenais à la main.

. . . .

La fête de l'arbre de Noël eut lieu tout de suite après le salut.

A part M. le curé, Mme Humblot, la famille Schwartz et moi, la réunion se composait de tous les protégés de Guillemine. C'est dire qu'elle était nombreuse, et plus d'un œil d'envie, parmi les membres de « la société », suivit à la sortie de l'église les invités de Mlle Le Meunier.

Guillemine a une manière à elle de faire la charité, quelque chose de particulier qui fait qu'un présent d'elle a l'air d'avoir plus de valeur pour avoir passé par ses mains.

Je ne sais pas bien définir cette impression, mais je l'ai éprouvée souvent en comparant, par exemple, la manière de Guillemine à celle de Mme Humblot, qui pourtant passe sa vie à faire le bien.

L'excellente dame soigne les pauvres avec amour, se fait leur humble servante, leur consacrant chacune de ses minutes.

Mais il me semble, cependant, que Guillemine fait encore plus. Elle cherche à « embellir » la vie des malheureux qu'elle soulage. Ses présents ne se contentent pas d'être utiles, ils sont offerts si joliment, même aux plus déshérités moralement, à ceux qui, en apparence, semblent moins se soucier de la manière dont le don est fait que du don lui-même, pourvu qu'il arrive !.....

Les étoffes qu'elle emploie pour ses œuvres charitables sont solides sans être rudes, les formes des vêtements pratiques mais gracieuses, les couleurs de ses tricots sont peu salissantes mais jolies, et j'ai vu souvent les précieuses roses de sa serre sur la table d'un taudis, où elles réjouissaient les yeux de quelque pauvre infirme en lui tenant compagnie.

Donc, fidèle à ses principes, Guillemine avait bellement fait les choses.

Les jouets attachés à l'arbre n'avaient pas séparément d'exceptionnelle valeur ; mais il y en avait à profusion, de manière à contenter chacun des nombreux invités.

Tous les gamins et gamines du pays, excepté « les riches », étaient là et de nombreux parents étaient venus avec eux.

L'immense salle n'aurait pu contenir tout le monde si, en prévision de ces galas, mon amie n'avait eu la précaution de séparer habituellement le dispensaire voisin par une cloison démontable qui, repliée ces jours-là, agrandit le hall considérablement.

En sortant des vêpres, j'avais pris les devants avec Guillemine, et je remarquai, en entrant, que l'on avait descendu le piano de l'entresol dans un coin du hall.

Le « programme de la fête » ne comportant pas de « partie musicale », Guillemine vit mon étonnement et dit bien vite :

— Puisque Eric est là, je mets son talent à contribution. Nos humbles amis jouiront ainsi de cette voix merveilleuse que les grands de la terre ne peuvent pas toujours se payer au poids de l'or, et vous verrez s'ils sauront l'apprécier.

— Bravo ! m'écriai-je en frappant des mains. Quelle charmante idée ! Elle est bien de vous, Guillemine !

— Non, pas de moi seule ; elle m'a même été soufflée pour la première fois par Eric en personne, un jour qu'il se trouvait ici à l'une de nos fêtes. Que pensez-vous de la voix de mon gigantesque filleul ?

— Ce que vous en pensez vous-même : c'est une merveille..... Mais vous ne m'en aviez jamais parlé.

— Je vous réservais cette surprise.

— M. Schwartz est..... chanteur..... artiste..... donne des concerts ?.....

Je ne savais comment exprimer ma pensée, mais Guillemine la saisit.

— Eric est maintenant un compositeur qui jouit déjà d'une certaine célébrité en Allemagne, où il est très apprécié. Il fait jouer souvent ses œuvres lui-même et ne chante plus maintenant que très rarement, presque toujours au profit d'œuvres charitables ; mais, avant d'être un compositeur célèbre, il fut un chanteur réputé.

Nous fûmes interrompues par l'arrivée de M. le curé et d'une dame âgée portée dans un fauteuil par deux hommes.

Je devinai Mme Schwartz et reconnus à sa suite son neveu et Mme Humblot.

Puis, tous les invités, en foule, firent irruption dans la salle. Il fallut organiser un véritable service d'ordre pour arriver à placer tout le monde, et ce ne fut qu'après la distribution des jouets que Guillemine trouva le temps de me présenter à sa vieille amie.

Mme Schwartz me retint un instant auprès d'elle et m'invita à accompagner Guillemine chez elle le 6 janvier pour tirer les Rois.

J'acceptai. C'est une si sympathique vieille dame, à la figure si spirituelle, si attirante, que je n'eus pas le courage de refuser.

Son neveu, l'artiste, n'est pas moins charmant ; il s'est multiplié pour nous aider et nous fut vraiment d'un grand secours, car ce n'est pas une petite affaire de procéder à cette importante distribution, pour réussir à ne pas faire de jaloux.

Ensuite Michel, Maria et la femme de chambre distribuèrent des gâteaux et des rafraîchissements, et enfin « la partie musicale » commença.

Et je vis que Guillemine avait raison de dire que ses humbles amis sauraient apprécier la voix de son filleul.

Même les gâteaux et les sucres d'orge furent oubliés tandis que la voix prenante, que « les grands de la terre n'ont pas toujours le pouvoir de se payer au poids de l'or », se faisait entendre maintenant pour les pauvres du bon Dieu.

Les noëls surannés acquéraient un charme de plus, soutenus ainsi, en sourdine, par le piano, puis Eric Schwartz chanta une antique gavotte et termina par l'arioso de Benvenuto Cellini :

> De l'art, splendeur immortelle,
> Rayons à peine entrevus,
> Mes yeux ne vous verront plus.

Un grand silence succéda aux dernières notes. Tous les assistants figés dans une pose souvent comique semblaient écouter encore.

Odile, la petite brodeuse, qui était assise près de moi, avait appuyé sa joue contre mon bras et pleurait doucement.

Le musicien se leva, ses yeux firent le tour de la salle et ce qu'il lut sur les visages lui sembla sans doute valoir les applaudissements les plus chaleureux, car il sourit du joli sourire tendre qui illumine toute sa belle physionomie d'artiste.

M. le curé l'appela pour le féliciter ; Mme Humblot elle-même lui fit un compliment bien tourné ; moi, comme toujours dans les moments de grande émotion, je suis restée muette, mais je crois qu'il a compris, car il a souri encore.

Guillemine m'a conduite un jour de cette semaine chez Mme Schwartz ; elle avait raison de dire que je me plairais en sa société, car c'est bien la plus aimable vieille dame qui se puisse imaginer.

Il y avait là une des nièces de son mari, jeune Allemande musicienne aussi, harpiste, je crois, mais son neveu était en promenade.

J'ai revu le filleul de Guillemine le lendemain et hier chez sa marraine.

J'ai toujours regretté de n'avoir pas de talent ; j'aime tant la musique ! Mais, maintenant qu'il m'a été donné de jouir plus intimement d'un vrai talent, mon regret va jusqu'à la souffrance.

Guillemine est fière de son filleul ; elle a raison.

...... Mais, comme le temps passe, mon Dieu ! Je veillais pour entendre sonner minuit, l'heure qui, ce soir surtout, marque la fin et le commencement.

Et je n'ai rien entendu, et il est presque une heure.

L'année nouvelle est commencée.

Qu'elle soit bonne pour tous, mon Dieu !

Je souhaite, comme dans le noël d'Holmès, qu'Eric Schwartz chantait l'autre jour :

Le bonheur pour tous ceux que j'aime !

V

7 janvier.

Hier, Guillemine est venue me prendre dans la voiture de Mme Schwartz, qui avait envoyé un coupé fermé, beaucoup plus confortable par ce temps que les tonneaux.

Je m'étais faite belle avec ma robe blanche de crêpe de Chine brodé.

Père a paru heureux de me revoir ainsi. Il m'a trouvé l'air plus gai et m'a encore demandé pourquoi je ne mettais plus mes bagues. Cette fois je lui en ai donné la raison. Il a haussé les épaules en disant :

— Je sais bien qu'il faut se conformer aux usages du pays où l'on vit ; mais, vraiment, faut-il avoir l'esprit mal tourné pour se choquer d'une habitude aussi inoffensive !

Ma foi, j'ai cédé à la tentation, non par bravade ou par enfantine vanité, mais par franchise.

Oui, il m'a pris tout à coup le désir de me faire voir sous mon vrai jour.

J'aime mes bagues, mon goût est de les porter toutes ensemble, je l'ai toujours fait, cela me contrarie de ne plus le faire et je ne sais pourquoi cette question puérile a pris subitement une telle importance, mais il m'a semblé qu'en tout ce qui n'est qu'affaire de goûts, chacun doit garder sa liberté.

Je ne voudrais pas prendre maintenant des manières ou des habitudes qui, bonnes en elles-mêmes, pourraient choquer les habitants de Bourg-Saint-Mathieu ; j'estime pourtant que les habitudes et les manières qui font partie de mon éducation ne doivent pas être changées tant qu'elles ne sont pas mauvaises *réellement*.

A tort ou à raison, je suis ainsi.

Si ma destinée est d'être bien accueillie au chalet des Combes, d'y devenir, comme Guillemine le prétend, une petite amie de la gracieuse hôtesse, ce sera telle que je suis, avec qualités et défauts tout ensemble.

Guillemine était aussi en toilette de soirée : robe de satin blanc recouverte de Chantilly noir, et la jeune Allemande était en bleu clair.

Il y avait là un docteur d'Epinal et un jeune musicien, frère de Méta.

Notre hôtesse nous reçut avec la plus grande amabilité, et je me suis sentie tout de suite à l'aise, ce dont j'avais presque perdu l'habitude depuis mon séjour en France.

J'étais placée à table entre M. Schwartz et sa cousine, qui parle très peu, car elle s'exprime assez difficilement en français.

Au dessert, on tira les rois et la fève se trouva dans la part à Dieu.

— Tant mieux ! a dit Mme Schwartz, le bon Dieu sera Roi chez nous, cette année, une année donc qui sera bénie !.....

Après le dîner, sur la demande du docteur, amateur passionné de musique, un vrai concert s'organisa.

La blonde petite Méta est une remarquable artiste. Ses doigts blancs et fuselés volent sur les cordes comme des papillons. Elle, son cousin et son frère, violoniste, nous ont tenus sous le charme sans qu'aucun de nous sentît le temps s'écouler.

Mais, je ne sais pourquoi, il me reste de ces heures un souvenir amer.

J'envie cette petite Allemande à qui je trouvais, au début, l'air si insignifiant.

Que ne donnerais-je pour avoir sur la harpe ses doigts légers comme des ailes.

Je ne sais ce qu'ils ont joué, mais le dernier morceau surtout m'a fait souffrir. C'était du Chopin, je crois, et cela vous arrachait l'âme.

Quand les musiciens se sont levés au milieu des bravos enthousiastes, mon visage était inondé de larmes que je n'avais pas senti couler.

Il était très tard. M. Schwartz n'a pas voulu nous laisser repartir seules. Il est monté en voiture avec nous pour me déposer d'abord au prieuré et accompagner ensuite Guillemine à la Sapinière.

Je ne me suis jamais sentie aussi intimidée qu'en présence de cet homme. Et c'est seulement dans la demi-obscurité du coupé que j'ai pu lui faire part de mon enthousiaste admiration.

— Jamais aucun applaudissement ne m'a fait autant de plaisir que ce que j'ai lu ce soir dans vos yeux, Mademoiselle, a-t-il dit seulement.

Guillemine nous a invités tous les deux à venir avec Méta et son frère prendre le thé demain chez elle.

En rentrant au Roc, j'ai trouvé Marguitte qui m'attendait, endormie dans la galerie du rez-de-chaussée.

Heureusement que j'avais une clé, car j'aurais pu frapper longtemps avant de me faire entendre.

La brave fille a le sommeil dur, mais elle est vraiment dévouée, et je l'apprécie chaque jour davantage, n'ayant jamais rencontré sa pareille aux Etats-Unis.

Père était couché depuis longtemps, il n'y avait plus de lumière chez lui.

J'ai eu tort d'accepter ce dîner. Avoir refusé toute invitation pendant des mois pour, tout d'un coup, m'absenter ainsi le soir, c'était fou.

Je ne le ferai plus ; j'ai eu le cœur gros en m'endormant.

J'irai demain au thé chez Guillemine, mais je n'accepterai jamais plus de soirées.

VI

20 janvier.

L'hiver continue, monotone. Les distractions ne m'ont cependant pas manqué ces temps derniers.

Vous êtes, ma pauvre Sylvette, dans un état bizarre, un peu alarmant même. Vous vous plaigniez autrefois de ne pas avoir le temps de rêver et maintenant vous rêvez de trop.

Je ne sais si Guillemine s'est aperçue de cet état anormal, mais elle s'ingénie à me sortir de moi-même.

Il y a souvent des réunions chez elle, où je retrouve Méta, son frère Claudius et M. Schwartz.

Nous avons fait ensemble des excursions en traîneaux sur la neige : une première fois, à l'abbaye des Combes ; une seconde, à la tour de Sainte-Odile, autre ruine à mi-chemin des Haubières, et, trois jours, nous avons pris le thé chez Mme Schwartz.

Je jouis de ces réunions, mais chaque fois je reviens plus triste.

C'est, je pense, le contraste entre ma vie d'autrefois et celle d'aujourd'hui, où il me semble vivre retirée du monde ; quand je me retrouve un instant en contact avec ce monde, ma solitude me paraît plus austère.

Car, il n'y a pas à nier, j'avais pensé trouver ici une vie familiale et non cet abandon complet, et, par moments, malgré moi, j'accuse presque mon père d'indifférence à mon égard.

Ne se doute-t-il donc pas de ma détresse morale ? Notre vie à deux pourrait être si agréable, s'il ne me tenait pas tant à l'écart de son existence !.....

Il fait un froid intense, la neige est absolument dure et le vent souffle lugubrement dans la vallée et dans les grands corridors de notre vieux logis.

Nous faisons une énorme consommation de bois de chauffage. L'économe Marguitte pousse les hauts cris ; les grandes cheminées sont embrasées.

Les feux de bois sont bien jolis, je les aime, mais je regrette les calorifères américains.

Un commencement de rhume m'a empêchée de sortir aujourd'hui ; pour me distraire, il m'a tout à coup pris fantaisie de visiter le second étage, où j'ai découvert, au-dessus de mon appartement, une chambre bizarre.

J'avais cru jusqu'alors que cette partie de la maison n'était qu'un simple grenier poussiéreux, mais c'est presque la chambre mystérieuse de Barbe-Bleue ; ici, cependant, les clés sont sur les portes.

Cette vaste et longue pièce, dont toutes les fenêtres donnent du côté de la Mouzotte, est meublée d'un grand miroir qui tient tout un panneau entre deux fenêtres, et de cinq armoires monumentales qui contiennent les trousseaux de plusieurs générations.

Un de ces meubles est réservé aux nappes et aux draps, un autre aux serviettes de table et aux chemises ; il y en a des douzaines et des douzaines de toutes formes et de toutes grandeurs.

Les trois autres armoires contiennent des vêtements dont quelques-uns sont sûrement centenaires.

Il y a même des habits d'homme dignes d'un musée.

Quant aux robes de femmes, elles sont légion et représentent sans nul doute l'histoire de la mode pendant tout le dernier siècle.

Quelle idée d'avoir emmagasiné tant de choses inutiles, et à quoi tout cela sert-il maintenant ?

Ces robes chaudes, ces vêtements lourds, ces précieuses étoffes auraient rendu tant de services à des êtres grelottants !

Et dans quel but garder toutes ces défroques démodées ?

Mais tout de même, cela m'a émue de contempler les dépouilles de toutes mes aïeules !

S'il reste un peu de leurs âmes dans ces objets qui ont fait partie d'elles, qu'ont-elles pensé de leur curieuse petite-fille ?

Il y a aussi de belles dentelles dans les tiroirs, des fichus de soie ou de linon et aussi des corsages décousus.

On a dû enlever, assez récemment, une sixième armoire, ainsi que l'indique la couleur du papier sur un panneau vide.

Ce qui m'a frappée et étonnée, c'est le très bon ordre de toutes ces défroques.

Rien de poussiéreux : tout était bien rangé, exhalant un parfum de lavande et de racine d'iris.

Et pendant plus de vingt ans, notre vieux James a seul pris soin de la maison, aérant les pièces les jours de soleil, y promenant de temps à autre le balai et le plumeau.

Ce ne peut être lui qui a pris tant de souci du contenu des armoires.

C'est sans doute Emmy, la pauvre maniaque, dans ses moments de lucidité.

Pourtant cette pièce n'a pas l'air de communiquer avec la partie murée du prieuré.

La vue est beaucoup plus jolie là que dans ma chambre. On découvre les ruines de l'abbaye et tout le jardin du chalet des Combes.

J'y retournerai souvent et, un jour qu'il fera moins froid, je chercherai dans les armoires un déguisement à ma taille.

VII

31 janvier.

J'ai eu aujourd'hui l'irrésistible envie de reprendre mes patins et je suis partie, après le thé, pour les Grands-Etangs.

Les jours sont plus longs, cependant la nuit était proche quand j'arrivai à l'étang des Cygnes.

J'avais choisi cette heure pour être plus sûre de la solitude du premier lac assez fréquenté ces jours derniers.

Guillemine et ses amis y sont venus patiner hier, et comme j'avais trouvé plus raisonnable de ne pas les suivre, vu le retard de mon dernier article, consciencieusement repris chaque semaine depuis Noël, je ne voulais pas m'exposer à les rencontrer aujourd'hui.

Je m'assis sur un banc de mousse et mis mes patins.

Quel délice de glisser, de s'envoler ainsi toute seule dans la nuit tombante.

Il me semblait vraiment que j'avais des ailes. Je glissais, je glissais, véritablement grisée, sans bien me rendre compte du côté où je dirigeais mes pas.

Après un quart d'heure environ de cette course folle, je ralentis un peu, à bout de souffle.

La solitude était parfaite, le silence absolu ; la nuit tombait de plus en plus, et les ombres devenaient confuses sur les bords du lac.

Je glissais doucement, quand j'entendis un chant lointain, un peu vague d'abord, mais qui se rapprochait avec vitesse, et bientôt je saisis les paroles de Benvenuto Cellini :

De l'art, splendeur immortelle,
Amours, rêves entrevus,

Le patineur devait marcher très vite, car j'entendis presque auprès de moi la fin de la phrase :

Mes yeux ne vous verront plus,
Non, mes yeux ne vous verront plus.

Voulant éviter cette rencontre imprévue, je fis un brusque détour et me jetai vivement dans l'ombre du bord.

Je ne saurais dire exactement ce qui s'est passé, mais il me sembla tout à coup que, sans manquer sous mes pieds, la glace devenait flottante ; j'entendis un grand cri : « halte ! » et tout aussitôt un bras vigoureux me saisit, entoura ma taille, et je me sentis enlevée dans une course vertigineuse, comme sur les ailes du vent, puis déposée au bout de quelques minutes, saine et sauve, sur le bord.

— Imprudente ! s'écria alors Eric Schwartz, d'une voix un peu haletante, tandis qu'il s'épongeait le front. Que faites-vous ici, seule, à pareille heure, la veille du dégel ?

— Tous mes plus sincères compliments, Monsieur Schwartz, répondis-je, vous patinez à la perfection. Mes remerciements chaleureux aussi, car vous m'avez préservée d'un bain peu agréable.

Mais mon sauveteur ne riait plus.

— Vous êtes très imprudente, Mademoiselle, répéta-t-il,

d'abord de venir ici seule à cette heure tardive, puis de vous risquer sur la glace à l'aventure.

— Je l'ai fait souvent sans aucun danger ; il est vrai qu'un malheur est si vite arrivé, dis-je en m'asseyant sur la mousse pour enlever mes patins. Je ne le ferai plus.

Il rit doucement de mon ton bien sage.

— A la bonne heure ! Mais dites-moi pourquoi vous n'êtes pas venue avec nous hier et aujourd'hui.

— Je travaillais, Guillemine a dû vous le dire ; je l'avais priée de m'excuser.

— Elle l'a fait, en effet.

Nous marchions maintenant côte à côte sur le bord de l'étang et bientôt nous fûmes sur le chemin qui passe au bas du prieuré.

— Je pars demain, fit-il tout à coup. J'aurais été..... Je regrette de n'avoir pu passer encore ces deux derniers jours avec vous.

Je savais qu'il partait, et moi aussi je regrettais.

— Quelles bonnes vacances ces jours furent pour moi ! dit-il encore. Cette année commence bien.

Nous marchions lentement dans l'ombre, mais je ne pouvais prononcer un mot. Nous longions le Roc-aux-Moines, qui me semblait peser de tout son poids sur mon cœur.

Arrivée au chemin qui monte au prieuré, je tendis la main à mon compagnon en disant d'une voix aussi tranquille qu'il me fut possible :

— Bonsoir, Monsieur. Je vous souhaite un bon voyage et vous remercie encore de m'avoir sauvée ce soir.

Il sourit doucement en prenant ma main.

— J'aurais voulu vous rendre un service plus réel, dit-il. Bonsoir, Mademoiselle Sylvette. Que Dieu vous garde ! Je reviendrai très prochainement ; me permettez-vous de vous dire : à bientôt ?

J'inclinai joyeusement la tête. Le front découvert, il courba sa haute taille devant ma petite personne et me baisa le bout des doigts.

Son geste était, à la fois, galant et respectueux, tout à fait « vieille France », rien du « flirt » américain.

Et, tandis qu'il disparaissait dans la nuit, je revis en pensée une autre scène qui se déroulait, il y a quelques semaines, exactement au même endroit.

Mais il y a un monde de distance entre « le fils Aubry » et Eric Schwartz.....

Avant de reprendre ma route, j'ai murmuré aussi la phrase qu'il avait dite : « Dieu vous garde ! »

. . . .

1er février.

M. Schwartz est parti ce matin.

Je suis montée dans la chambre aux armoires et j'ai vu la voiture des Combes passer sur la route.

VIII

15 février.

La mère d'Odile est malade. La pauvre femme se tue au travail pour gagner quoi ?... Bien peu de chose !

Elle brode pourtant merveilleusement, et M. Lévy, le directeur de la fabrique des Bordes, le sait bien ; il doit gagner gros sur elle.

On dit qu'il exporte dans l'Amérique du Nord la broderie des Vosges, qui se vend là-bas à des prix fous.

Je pensais à cela hier en revenant de chez cette pauvre femme, et justement, à mon retour, je trouve ici le courrier d'Amérique contenant, entre autres, une lettre de Fanny Langworth.

Ses affaires marchent toujours à souhait, et elle le mérite bien, la brave fille.

Complètement ruinée dans un krach, elle s'est mise à la besogne, s'est découvert la bosse du commerce, et, avec l'argent provenant de la vente de ses meubles et de ses bibelots, a organisé un magasin de bagatelles de luxe sous l'enseigne française : *Frivolités*.

Très adroite de ses mains, avec un goût digne d'une Parisienne, elle a parfaitement réussi, et, chaque année, son commerce prend de l'extension.

Ses blouses de lingerie, si fort en faveur là-bas, sont les plus « chic » de New-York. On le sait, et elle m'écrit que c'est devenu une vraie mode parmi les élégantes de la Cinquième Avenue de s'approvisionner de dentelles et de broderies chez « la marchande de frivolités ».

Ce mot « broderie » me fit sursauter ; il me venait une idée.

Je sais que Fanny vend de la broderie des Vosges. Qui sait même si elle ne s'approvisionne pas chez Lévy, et le prix auquel celui-ci lui fournit alors ses denrées ?

Il y aurait peut-être chez elle un débouché pour les travaux de cette pauvre Armande. Elle est si contente quand on lui donne à faire un travail un peu mieux payé, et elle me disait quand je lui ai fait faire le couvre-théière de Guillemine :

— Ah ! Mam'zelle Sylvette, si je n'avais que des clientes comme vous, ce serait le paradis.

Et cependant elle m'a demandé un prix si dérisoire pour ce travail de fée, que j'ai cru consciencieux de lui donner davantage.

Si Fanny voyait un échantillon du talent d'Armande, je suis sûre qu'elle s'emballerait.

Moi aussi je me suis emballée, et dès ce matin j'en ai parlé à Guillemine.

Elle a paru enchantée et pense que peut-être, en effet, y a-t-il quelque chose à tenter.

Ce qui l'effrayait tout d'abord, c'était la douane dont les droits sont si élevés aux Etats-Unis. Mais Lévy l'a aussi, la douane, et il gagne de l'argent quand même plus gros que lui.

J'ai écrit aujourd'hui à Fanny et lui ai fait part de mon idée. Elle est de celles qui aident les autres, et surtout maintenant que la voilà sur le chemin de la fortune, elle se fera un scrupule et un bonheur de faire travailler une digne ouvrière plutôt qu'un Juif repu d'or.

Puis je suis retournée chez Armande pour lui demander si elle n'aurait pas quelque chose à me vendre dans ses travaux.

Il ne lui reste qu'un napperon de toile fine à peine terminé, qu'une capricieuse cliente de passage l'été dernier lui a décommandé.

Je le lui ai acheté en lui disant de guérir vite pour le terminer et en faire sans doute encore d'autres.

Et j'imagine que ce rayon d'espoir fera plus que tous les remèdes pour remettre sur pied notre malade.

IX

La neige est complètement fondue. La Mouzotte déborde et envahit les prés jusqu'au talus de la route.

Il paraît qu'il en est ainsi chaque année au dégel.

Père supporte très bien l'hiver, il n'a pas eu sa bronchite annuelle.

M. le curé a des rhumatismes, mais Mme Humblot trotte toujours.

Guillemine est venue me prendre hier pour une visite chez Mme Schwartz.

Nous avons trouvé notre vieille amie très souffrante ; ce temps humide augmente ses douleurs.

Elle ne nous a, pour ainsi dire, parlé que de son neveu qu'elle adore.

M. Schwartz prépare l'exécution d'un oratorio, œuvre de cinq années de travail.

— Priez pour lui, mes amies, a-t-elle ajouté, car du succès de cette œuvre dépend, sans doute, le bonheur de mon neveu. Le cher enfant est déjà connu et apprécié, mais c'est sur cet ouvrage-là qu'il fonde ses plus chers espoirs.....

..... Oui, tous mes vœux l'accompagnent. Cette vie d'homme uniquement consacrée à l'art m'intéresse énormément.

. . . .

26 février.

Aujourd'hui, je suis montée sur les hautes sentes pour voir l'inondation. La Mouzotte est subitement devenue un torrent, surtout dans les gorges qui avoisinent l'abbaye des Combes.

Le temps était très clair et le soleil brillait.

De mon observatoire, je voyais parfaitement le ballon d'Alsace, encore couvert de neige et qui semblait tout proche.

Que c'est donc beau, les cimes ! Il fait bon planer bien haut au-dessus des misères du monde !.....

En redescendant, j'ai pris un sentier très raide tracé sur la gauche.

A un certain moment, les sapins s'éclaircissent, et l'on domine un jardin clos de murs où se trouvent les ruines de la chapelle, amoncellement informe de pierres éboulées.

Je l'appelle le jardin de la folle, et, en effet, aujourd'hui Emmy s'y promenait à pas pressés, serrée dans sa grande mante noire.

Je suis restée longtemps à la regarder en me retenant à un arbre, tellement ce sentier est raide.

Emmy marchait le long des allées qui tournent autour d'une pelouse, puis elle est rentrée.

Toutes les fenêtres du deuxième étage sont grillées de ce côté.

Pourquoi prendre tant de précautions pour une femme qui paraît bien n'être pas terrible, puisqu'on la laisse se promener sans surveillance ?

Elle a sans doute des moments de crises.

X

5 mars.

Clouée chez moi par un gros rhume.

Il ne me reste pas même la distraction de la chambre aux armoires, car c'est là, probablement, que j'ai pris froid.

J'ai employé mes moments libres de plusieurs jours à passer en revue ces vêtements de toutes les époques.

Mes vénérables grand'mères étaient conservatrices.

J'ai mis de côté les toilettes les plus curieuses, les robes de soie, et retiré des armoires tout ce qui m'a semblé pouvoir être utile.

Comme je n'ai guère le temps de coudre, j'enverrai tout cela à Mme Humblot, qui sera enchantée de voir que je n'abandonne pas complètement son Vestiaire.

Père a paru d'abord très étonné quand je suis venue solliciter sa permission. Sa grand'mère attachait, m'a-t-il dit, un grand prix à cette originale collection de souvenirs. Mais il m'a laissée libre d'agir à ma guise quand je lui eus affirmé que ladite collection serait aussi curieuse avec les jolies pièces, et que les âmes de nos bonnes aïeules se réjouiraient certainement de voir leurs dépouilles servir à des actes de charité, qui leur profiteront dans l'autre monde.

J'ai donc de gros ballots d'amples vêtements dans lesquels il sera possible de tailler des petites robes chaudes, et des chemises démodées qui feront aux enfants pauvres du linge un peu plus doux que celui cousu habituellement au Vestiaire.

. . . .

7 *mars.*

Reçu ce matin une lettre de Fanny.

Elle approuve mon idée et m'ouvre un crédit de cent dollars sur sa caisse pour les premiers frais.

Je puis dès maintenant faire broder de la batiste pour blouses de lingerie autant qu'il m'en plaira ; elle en a toujours la vente, et les plus jolies, les plus riches s'écoulent le mieux.

Elle ne veut même pas attendre l'échantillon du travail annoncé : elle s'en rapporte à moi.

Brave cœur ! Aussi Dieu la bénit. La charité n'appauvrit jamais.

J'annoncerai cette bonne nouvelle à Guillemine aujourd'hui même, car elle vient me voir tous les jours.

XI

8 *mars.*

Pour passer le temps, je me suis mise à traduire en anglais le beau livre de Guillemine.

J'étais donc très absorbée tantôt dans cette intéressante occupation, quand Marguitte frappa à ma porte et fit son apparition, une carte de visite à la main, en disant :

— Mam'zelle Guillemine est en bas, avec ce Monsieur-là qui demande à voir Monsieur.

Je pris la carte et lus :

ERIC SCHWARTZ.

Sur le premier moment, j'étais trop étonnée pour répondre. Enfin je repris mes esprits.

— Où les avez-vous fait entrer, Marguitte ?

— Dans le salon d'en bas, Mademoiselle.

— Mais il n'y a pas de feu, il doit y faire un froid de loup.

Depuis ma grippe, nous n'habitons plus le rez-de-chaussée, et quand père vient prendre ses repas avec moi, c'est ici, dans le studio.

— Priez Mlle Guillemine et M. Schwartz de bien vouloir prendre la peine de vous suivre jusqu'ici. Nous ne pouvons pas recevoir des visiteurs dans un appartement glacial, puis vous irez prévenir Monsieur.

Un instant plus tard, Guillemine et son filleul faisaient leur entrée dans mon studio.

Après les premiers bonjours et échanges de nouvelles, M. Schwartz me remercia de le recevoir, me dit qu'il venait de la part de sa tante prendre de mes nouvelles, mais n'osait espérer le bonheur d'en avoir de ma bouche.

Il tourne gentiment ses phrases.

Guillemine paraissait enchantée de l'arrivée de son grand filleul, qui venait, dit-il, prendre du courage et se recommander à nos prières avant une épreuve très importante.

C'est l'exécution prochaine de son œuvre par le grand concert qu'il dirige.

Tout en écoutant et en répondant, je me demandais si père allait venir.

A part M. le curé, qui vient très rarement, il ne reçoit jamais personne, mais j'entendis bientôt son pas dans le corridor et il entra.

Je lui crois une grande sympathie et une grande admiration pour le musicien.

La conversation ne languit pas. J'étais heureuse et charmée dans cette douce intimité. J'aurais voulu qu'elle durât longtemps, longtemps..... toujours.....

J'ai sonné Marguitte pour le thé, et nous avons retenu nos visiteurs jusqu'à la nuit.

Puis ils sont partis, et je me suis retrouvée seule avec père qui marchait dans le studio à grands pas.

Un instant il s'est arrêté devant moi comme s'il allait parler, et j'ai revu sur ses traits l'expression d'angoisse remarquée déjà plusieurs fois depuis notre séjour ici, mais il n'a rien dit et s'est retiré chez lui.

Me voici seule maintenant, toute seule dans la grande pièce vide ; d'autant plus vide qu'elle était tout à l'heure remplie de chères présences.

Oui, au chagrin ressenti à l'instant des adieux, à l'angoisse éprouvée en me retrouvant seule, j'ai reconnu combien j'aime Guillemine, mais j'ai vu aussi que son filleul ne m'est pas indifférent.

Jusqu'à Noël, je m'étais supposé la vocation de célibataire. Je suis vaillante et courageuse, le travail ne m'effraye pas ; il me semble pourtant, maintenant, que je suis seulement, au fond, une petite fille qui a besoin de deux grands bras forts pour la soutenir.

Ce soir surtout la solitude m'étouffe. Je sens revenir l'angoisse éprouvée plusieurs fois déjà depuis mon arrivée ici.

Le vent vient de se lever, il siffle lugubrement dans les corridors noirs.

J'ai peur ! Oh !..... J'ai peur.....

XII

20 mars.

..... L'oratorio fut un grand succès pour notre ami l'artiste, et sa renommée devient universelle.....

XIII

12 avril.

Depuis quinze jours déjà, la vie active m'a reprise tout entière, et mes papillons noirs de l'autre soir se sont envolés bien loin.

L'enthousiaste Guillemine mène bon train l'organisation de la nouvelle entreprise.

Elle rêve déjà d'un atelier modèle dont la direction sera confiée à Armande et où trouvera un refuge toute la jeunesse ouvrière de Bourg-Saint-Mathieu.

Pour parler franchement, je suis, moi aussi, tout à fait emballée.

La prudence commerciale de Fanny Langworth m'est connue ; elle a fait ses preuves et ne nous aurait pas lancées dans une entreprise folle.

Elle nous a envoyé les patrons des blouses les plus demandées qu'il s'agit de tracer sur la toile à broder, et, dans ces blouses ainsi préparées, il faut placer avantageusement le dessin.

Avec une partie des 500 francs envoyés par Fanny, nous nous sommes procuré les premiers matériaux, des pièces de batiste et de toile très fine, de la toile à dessiner, etc.

Guillemine a profité de cette occasion pour me faire visiter une filature aux Haubières. C'est si intéressant, que j'ai saisi ce prétexte pour en parler dans la *Review* et faire une réclame discrète à la broderie des Vosges et à notre nouvelle organisation.

Mon curé est aux anges. Il rajeunit de dix ans.

Armande n'est plus la même femme ; elle semble vivre un rêve enchanté et ses forces sont revenues en un clin d'œil.

Les premières ouvrières se réunissent chez elle et travaillent sous sa direction. Si l'entreprise réussit, on louera un atelier. Elle a du goût et compose joliment un dessin industriel. Je dessine d'après nature des feuilles ou des fleurs qu'elle sait très bien adapter ensuite à son genre de travail ; seulement elle ne peut copier d'elle-même la nature et en est réduite à peu près toujours aux mêmes modèles.

C'est ce qui m'a donné l'idée d'enseigner le dessin à Odile, qui sera ensuite capable de donner quelques petites leçons à ses compagnes, et, si Dieu bénit notre entreprise, nous aurons bientôt un atelier modèle où son nom sera connu et adoré.

Donc, plus le temps de faire mon journal, mais je viendrai tout de même de temps à autre glisser ici quelques lignes que je serai sans doute contente de relire un jour,

Lorsque mes cheveux blonds seront des cheveux blancs.

Serais-je fantasque ? Je préfère n'avoir plus le temps de « me sentir vivre » ni de faire des rêves fous.

* *

XIV

28 avril.

Nous avons eu dix jours de réel surmenage pour organiser un nouveau travail.

Fanny nous a priées d'abandonner pour l'instant les blouses et nous a envoyé la commande d'un trousseau princier.

C'est pour la fille d'un milliardaire qui fait bien les choses.

Miss Rosie Jackson ne veut que des roses, des roses partout. Larges guirlandes sur les draps, les nappes, les napperons ; fines couronnes sur les mouchoirs ou les chemises.

J'ai tellement combiné de dessins Louis XVI, de roses-mousse ou de roses-pompons, que ma tête s'en va.

Maintenant tout est organisé, et Armande est dans son élément.

Père me trouve très mauvaise mine et ne cesse de me répéter qu'il exige un repos de quelques semaines.

Je vais pouvoir lui obéir.

Le printemps est venu. Les gelées d'avril sont finies. Partout la résine parfume l'air.

Guillemine voudrait me décider à faire avec elle un petit voyage.

Elle prétend que je ne m'intéresse pas assez à Jeanne d'Arc, et, pour une Française, une Lorraine surtout, c'est, paraît-il, choquant.

Alors elle désire m'emmener à Domremy et a parlé de ce projet à mon père, qui l'approuva hautement.

J'ai cédé tout à l'heure ; nous partirons le 1er mai pour revenir par Toul et Nancy en visitant, au passage, ces vieilles villes.

Ce petit voyage me fait plaisir.

Je vais me plonger dans une vie de la bonne Lorraine pour bien m'imprégner d'elle et retrouver ses souvenirs dans son pays.

XV

Domremy, 1er mai.
Hôtel des Dames et du Bois-Chenu.

A Domremy, au moyen âge, « les Dames » étaient les Fées. Nous sommes en plein pays des fées.

Jolie « vallée de Meuse », patrie de l'héroïque petite saint que j'ai appris à aimer, doux pays de mon bonheur, je voudrais vous emporter tout entière dans mon souvenir !

Nous sommes arrivées à 11 heures du matin à la station de Coussey.

Le chemin de fer ne passe pas à Domremy même. Bien que la station suivante ait ajouté à son nom celui de Domremy-la-Pucelle, Maxey est, paraît-il, assez loin du village de Jeanne, et Guillemine, qui connaît le pays, trouve qu'en venant par Neufchâteau il vaut mieux descendre à Coussey.

Nous n'étions pas seules de cet avis, sans doute, car un assez grand nombre de pèlerins, dont de nombreux prêtres, quittèrent le train en même temps que nous.

Nous avions chacune un petit sac de nuit ; nos valises nous attendront demain à la station de Maxey.

Le vieux petit village de Coussey, dont bien des maisons sont probablement contemporaines de la Pucelle, fut vite traversé, et les voyageurs s'engagèrent sur un sentier tracé à travers la prairie, dans la direction du Bois-Chenu.

Tout de suite, la basilique blanche apparut à mi-côte avec son clocher pointu et les bâtiments de briques du Carmel à ses pieds.

Tout le monde était gai, on s'adressait la parole d'un groupe à l'autre ; quelques pèlerins chantaient.

Deux jeunes prêtres conduisaient une bande de gamins et semblaient aussi jeunes qu'eux.

Des ecclésiastiques plus âgés marchaient derrière nous. J'entendis une voix dans leur groupe :

— Aurons-nous le plaisir de voir bientôt votre ouvrage terminé, Monsieur le Chanoine ?

— Oui, mon ami, les premiers chapitres sont à l'imprimerie. Je viens aujourd'hui pour un dernier document.

Devant nous, cinq ou six vieilles dames épinglaient pieusement sur leur poitrine un insigne blanc et bleu, les couleurs de Jeanne.

Nous traversâmes « la rivière de Meuse » sur une passerelle de bois à parapet unique.

Le beau vieux château de Bourlémont, le Burg-lès-Mont du moyen âge, domine la vallée exactement comme au temps de Jeanne ; les collines boisées sont toujours les mêmes ; nous voyons les pierres, le paysage sur lesquels les yeux de la petite sainte se sont posés.

Seul le Bois-Chenu a changé d'aspect ; on ne trouve plus l'arbre des Dames, et le Carmel et la basilique remplacent les vieux chênes d'autrefois.

L'église sera élégante, une fois terminée ; on y admire déjà un très beau groupe de saint Michel et des saintes.

Nous avons prié avec ferveur, puis nous sommes revenues sur le perron pour contempler la vallée.

C'est la première fois que je vois un Carmel. Extérieurement c'est bien laid, mais quand on pense aux créatures angéliques qui y vivent, on oublie la laideur des murs. Là habitent maintenant les bonnes Dames dont les prières protègent la France.

Notre hôtel est près de la basilique et par conséquent hors du village.

Guillemine avait retenu nos chambres depuis plusieurs jours, car la maison étant très petite, la place est limitée.

Nous avons déjeuné près d'une fenêtre ouverte, donnant sur la route.

En face de nous, un abri de pèlerins était envahi par une foule de dîneurs. Sur les tables, on déballait le contenu des paniers, et les convives mangeaient sur le pouce.

J'ai beaucoup regretté que nous n'ayons pas pensé à en faire autant. Je n'aime pas les foules, mais ces gens si pieux, si avenants, si contents d'être là m'étaient sympathiques, et Guillemine riait de mon enthousiasme.

Après le déjeuner, visité de la maison de la Pucelle, près de l'église où Jeanne fut baptisée.

J'ai baisé le mur de la chambrette sombre où la fillette a vécu. Nous avons fait une ample provision de cartes postales et de souvenirs, puis, comme le temps était superbe et qu'il était encore très tôt, Guillemine m'a proposé la visite de Bermont, l'ermitage où Jeanne allait chaque samedi prier Notre-Dame et où l'on se rend à pied sur le sentier qu'elle suivait après avoir traversé Greux.

C'est assez loin dans les bois, sur une côte qui domine la vallée.

Tout en marchant, Guillemine me racontait l'histoire de ce sanctuaire et du dernier ermite, un vieux gentilhomme dévoué au culte de Jeanne d'Arc, qui, au début du siècle dernier, s'est fait construire, auprès de la chapelle restaurée par ses soins, une demeure pour y finir ses jours et y mourir en paix.

La solitude était complète. Aucun pèlerin n'avait pensé à diriger ses pas vers Bermont, ce jour-là. Tous étaient retenus probablement par les cérémonies de la basilique.

A un certain moment, cependant, un pas vif se rapprocha, et presque aussitôt une voix s'élevait dans le silence, une voix bien connue, qui chantait :

De l'art, splendeur immortelle,
Amours, rêves entrevus.

Un bond m'amena sur le bord du sentier. Eric Schwartz était devant nous.

Dire notre surprise serait impossible.

Guillemine posait des questions entrecoupées d'exclamations. Eric riait en nous regardant tour à tour.

— N'avez-vous pas remarqué en passant une automobile arrêtée devant l'église de Greux ? dit-il enfin. Nous visitions l'église, mes amis et moi, quand je vous ai vues passer. Le temps de prendre congé et me voici !

— Mais comment, comment es-tu ici ? répétait Guillemine.

— En pèlerinage d'action de grâces. J'ai profité de la première occasion qui s'est offerte de l'accomplir. Comme vous le savez, Guillemine, je suis à Mulhouse pour trois jours.

— Oui, et toutes mes félicitations, mon cher grand ; cette tournée est un succès.

— Je n'ai donc pas voulu remettre à plus tard mon action de grâces. Les amis chez qui je loge ont une auto, nous sommes venus en bande. Ils m'attendent à Domremy, nous repartons ce soir, car il me faut être à Mulhouse pour demain.

— Mais comment se fait-il que nous ne nous soyons pas rencontrés ce matin ?

— Nous sommes arrivés de bonne heure, puis nous sommes allés déjeuner à Vaucouleurs, et nous rentrions quand je vous ai aperçues.

Nous avions repris notre marche dans la direction de Bermont, Eric entre nous deux.

Tout à coup il reprit en s'adressant à moi :

— Mademoiselle Sylvette, cette rencontre inattendue est certainement providentielle, je dois en profiter..... Notre chère Guillemine devine ce que je vais vous dire, elle l'approuve.

Guillemine me regarda en souriant, et son filleul continua à peu près en ces termes :

— Le lieu où nous sommes, la forme de ma question vous étonneront sans doute. Veuillez m'en excuser et ne voir devant vous qu'un pauvre artiste qui attend de votre bouche un suprême encouragement. La partie est gagnée, j'ose le dire. Maintenant l'avenir est assuré. Je puis songer à un travail tranquille dans une douce retraite..... toute consacrée à l'art et à de chères affections..... Que répondriez-vous, Sylvette, si je vous demandais de partager ma solitude ?

Je ne pus dire un mot. Mais lui poursuivit :

— Mon intention était de terminer cette tournée dont j'ai pris l'engagement avant d'aller au Roc-aux-Moines vous demander à M. de Lange. Mais maintenant que je vous ai revue, je ne puis plus attendre..... Me donnerez-vous un mot d'espoir ?

Je pus enfin desserrer les lèvres.

— Ce serait avec bonheur, balbutiai-je, mais je ne puis quitter mon père.

Éric me prit les deux mains.

— Avec bonheur, fit-il, vous avez dit : avec bonheur, donc vous voulez bien. Qui vous parle de quitter votre cher père ? Nous serons deux à l'aimer. Sylvette, je possédais déjà l'aisance, mais maintenant l'avenir me sourit. J'ai voulu attendre le succès pour vous demander de partager ma vie.

— Me feriez-vous l'injure de croire que c'est l'artiste célèbre que j'aime en vous ?

— Non, oh ! non, mais je voulais pouvoir vous offrir une vie douce et vous dire : nous ne quitterons pas votre cher prieuré et nous ferons une vieillesse heureuse à votre père, qui aura deux enfants. Car je prévoyais bien votre objection, Sylvette, et je voulais pouvoir y répondre en la détruisant, ce qui n'aurait pas été possible avec la vie que j'ai menée jusqu'ici..... Alors, vous ne reculez pas devant la perspective d'épouser un artiste ?

— Oh ! Eric, m'écriai-je, dès le premier soir où j'ai entendu votre voix, j'ai pensé que j'aimerais cet artiste-là.

Je me tournai vers Guillemine qui restait quelques pas en

arrière en nous regardant d'un air ému, et l'entourai de mes bras en disant :

— Cette rencontre imprévue ne serait-elle pas, par hasard, le plus délicieux des complots, romancier Franz Müller ?

Mais leur réponse simultanée et sincère fit évanouir mes derniers doutes ; la rencontre était bien imprévue, due, je me l'imagine, à la petite sainte qui nous protège.

Éric avait pris mon bras. Nous arrivâmes ainsi au bord de la fontaine Saint-Thiébaut, toute claire sous les grands arbres, puis nous avons monté le sentier raide qui, depuis tant de siècles, conduit à l'ermitage.

Le petit château est inhabité en cette saison, mais la chapelle était ouverte.

Nous nous sommes agenouillés devant la vieille statue de bois pour demander à la Vierge de Jeannette de bénir nos fiançailles.

Guillemine se releva la première, et, poussant une petite porte près de l'autel, elle nous fit signe de la suivre.

Nous nous trouvâmes dans le tout petit cimetière des anciens ermites, où M. Sainsère, le gentilhomme chevaleresque, avait lui-même creusé sa tombe.

Il repose en paix derrière la chapelle, au-dessus de la belle vallée.

Je m'assis sur la pierre grise pour lire l'épitaphe qui se termine par ces quatre vers :

Fixé dans l'ermitage où Jeanne d'Arc m'appelle,
Si plein du souvenir d'un courage si beau,
J'entourai de respect sa modeste chapelle.
Passant, qui que tu sois, respecte mon tombeau.

Nous avons récité tous les trois un *De profundis* avant de repartir.

Guillemine paraît aussi heureuse que nous. Elle m'a avoué que depuis le premier jour de notre rencontre, son rêve a été de nous voir unis.

Éric m'a dit que, dès la nuit de Noël, en sortant de la messe, il avait remarqué la petite fille emmitouflée de fourrures qui le regardait d'un air étonné, et, le lendemain, à la fête de Guillemine, le coup de foudre était venu. J'étais celle qu'il attendait.

..... Il est 10 heures. J'écris près de la fenêtre ouverte sur la vallée de Meuse, le pays des Dames-Fées.....

Eric est reparti avec ses amis ; il doit venir au Roc la semaine prochaine, voir mon père.

Guillemine et moi rentrons demain, notre voyage est remis à plus tard. Il me tarde de parler à mon père, et ma fidèle amie est aussi heureuse que moi d'aller annoncer la bonne nouvelle à la tante dévouée qui l'attend.

Je termine ici mon journal.....

Maintenant les grands devoirs de l'existence ne laisseront plus de place aux rêveries égoïstes, ou plutôt mes rêves seront partagés par un cher compagnon.

Au revoir, Domremy, doux sentiers que caressèrent les pas de Jeannette, d'Hauviette, de Mengette, prairies de Meuse semées de marguerites blanches qui brillent comme des étoiles et comme des yeux.

Nous reviendrons chaque année dire merci à Jeanne d'Arc.

QUATRIÈME PARTIE

VERS LES CIMES

I

Le curé de Bourg-Saint-Mathieu paraissait, ce jour-là, fort préoccupé en descendant le chemin du Roc-aux-Moines.

Marchant à grands pas, la soutane flottante, son chapeau un peu en arrière sur sa chevelure blanche, il monologuait à mi-voix, s'accompagnant, en vrai Lorrain, de force gestes expressifs.

— Non, c'est inadmissible ! Comment le pauvre homme ne voit-il pas son devoir mieux que cela ? Comment, surtout, la petite n'a-t-elle rien découvert !..... Et pourtant, cela existe..... Je ne sais plus que penser..... Qu'arrivera-t-il quand elle apprendra..... Que dira-t-on partout..... Pauvre petite !..... Et être lié, mon Dieu ! mon Dieu ! ne pouvoir rien dire, c'est le plus dur des sacrifices..... Je croyais bien, cependant, qu'aujourd'hui il aurait compris et m'aurait parlé.

Le monologue se continua sur ce ton jusqu'aux premières maisons du bourg, et, sans s'arrêter comme de coutume en d'amicales conversations avec les quelques personnes croisées sur la place, le vénérable prêtre se hâta vers le presbytère.

A peine avait-il disparu derrière l'église que l'omnibus, arrivant de son deuxième voyage aux Haubières, s'arrêtait sur la place, devant l'auberge décorée du nom d'*Hôtel de la Poste* : deux femmes en descendirent.

C'étaient Guillemine et Sylvette. Après quelques ordres donnés au sujet de leurs valises, elles se séparèrent en se fixant un rendez-vous pour le lendemain.

Puis la petite silhouette vêtue d'un manteau de serge bleue se dirigea vers le Roc-aux-Moines.

Sylvette montait d'un pas pressé, un petit sac de cuir fauve à la main.

En moins d'un quart d'heure elle fut sur la terrasse du prieuré où Marguitte, qui tirait de l'eau au puits, poussa une exclamation de suprême étonnement devant cette apparition si soudaine, le lendemain de son départ, alors qu'elle la croyait partie pour huit jours.

Mais l'expression de bonheur répandue sur les traits de sa jeune maîtresse rassura la brave fille sans qu'il fût besoin d'explications.

— Où est mon père, Marguitte ? interrogea Sylvette.

— Monsieur vient de partir il n'y a pas vingt minutes, Mademoiselle. M. le curé était venu voir Monsieur, et Monsieur est parti en promenade tout de suite après.

— De quel côté ?

— Par en bas.

Un peu contrariée de ce léger retard, qui l'empêchait d'annoncer tout de suite à son père la nouvelle qui lui tenait tant au cœur, la jeune fille monta chez elle.

Elle enleva son costume de voyage, se recoiffa et mit une blouse de batiste fraîche avec sa jupe de serge bleue.

Puis elle fit le tour de son appartement.

Les beaux vieux meubles d'acajou, le studio moderne, semblaient l'accueillir d'un air joyeux, comme après une absence prolongée.

Mais le temps lui paraissait long ; elle alla à une fenêtre pour guetter le retour de son père.

Une demi-heure peut-être se passa ainsi, M. de Lange ne revenait toujours pas, et Sylvette, qui commençait à s'impatienter, monta au second étage, d'où la vue plongeait sur le chemin jusqu'à la route.

On apercevait aussi de là tout le jardin du chalet des Combes.

La jeune fille était depuis un instant tout entière à sa rêverie heureuse quand un bruit léger lui fit tourner la tête.

Une porte s'était ouverte doucement dans la boiserie du fond, une porte inconnue de Sylvette, et sur le seuil se tenait un être étrange, créature menue, plus petite encore que Sylvette elle-même. Elle était vêtue d'une longue blouse claire, son visage avait la pâleur de la cire, sa chevelure un peu en désordre était d'un blanc de neige, et elle tenait dans ses bras, serrée sur son cœur, une poupée enveloppée de chiffons bariolés.

Immobile, craignant de la faire disparaître, Sylvette contemplait cette étrange vision.

Et il lui semblait voir, dans un miroir magique, sa propre image vieillie de vingt ou trente ans. C'était le même corps de femme-enfant, les mêmes traits menus ; seulement le visage paraissait sculpté dans du marbre, et les yeux fixes étaient sans expression.

La bizarre créature avança de quelques pas et toucha du doigt la robe de Sylvette.

Jusque-là pétrifiée de surprise, celle-ci fit un mouvement.

Alors l'inconnue recula d'un air épouvanté, et un cri rauque, le rire affolé, terrifiant, entendu déjà par Sylvette, un soir d'orage, s'échappa de ses lèvres.

A ce moment, la vieille Emmy parut. Elle jeta à peine les yeux sur Sylvette, saisit dans ses bras l'inconnue qu'elle emporta comme un enfant, la porte mystérieuse se referma, et la jeune fille n'eut plus devant elle qu'un panneau vide où nulle ouverture ne se devinait.

La pauvre Sylvette n'en pouvait croire ses yeux : terrifiée, elle s'élança dans l'escalier, et instinctivement, sans réfléchir, elle courut à l'appartement de son père.

M. de Lange était sans doute rentré, car la porte de sa chambre était ouverte. Sylvette y pénétra : elle était vide, mais au fond une porte semblable à celle de la chambre aux armoires, une porte mystérieuse s'entre-bâillait, et l'on apercevait derrière un escalier conduisant à l'étage supérieur.

La jeune fille s'élança sur les premières marches.

— Cette fois, s'écria-t-elle, je saurai. C'est mon droit.

II

Dans une grande pièce bien meublée, sur un divan large et bas, garni de coussins, une forme blanche était étendue, ou plutôt, James et Emmy maintenaient sur la couche moelleuse un pauvre être gémissant, aux membres convulsés, tandis que M. de Lange, debout, contemplait de l'air désespéré que Sylvette lui avait vu parfois ce navrant spectacle.

Après un temps incalculable, un siècle pour la jeune fille qui voyait cette scène pour la première fois, la malade s'apaisa, puis tomba dans un lourd sommeil.

Alors, avec des gestes maternels, Emmy arrangea les coussins, lissa la chevelure blanche, essuya le visage détendu, puis, en se relevant, elle aperçut la première la jeune fille, immobile de stupeur, à l'entrée de la chambre.

Un sourire ironique entr'ouvrit ses lèvres pâles.

— Enfin, il est temps ! jeta-t-elle en anglais.

A ces mots, M. de Lange se retourna : jamais Sylvette ne devait oublier l'expression de son père, quand celui-ci l'aperçut à cet endroit.

Le moment que, jour et nuit depuis vingt-quatre ans, cet homme redoutait, était venu. Il ne prononça pas une parole.

mais, tout son être tendu vers sa fille dans une suprême angoisse, il attendit.

Sylvette, s'avançant vers lui, mit une main sur son bras.

— Père, fit-elle avec douceur, qui est cette pauvre femme ?

M. de Lange tressaillit.

— Ma petite fille, répondit-il, n'as-tu donc pas deviné ?

A ces mots, Emmy se dressa devant eux, terrible comme le jour de sa première rencontre sous les sapins avec Sylvette.

— C'est le comble ! fit-elle. Elle ne sait même pas que c'est sa mère !.....

Sa mère !..... Sylvette se rejeta en arrière, comme frappée en plein cœur, puis s'avança vers le divan où, calmée, la pauvre créature dormait d'un sommeil de plomb.

Ainsi, les yeux fermés dans une pose tranquille, les traits détendus, elle n'avait plus rien d'effrayant, et même, sans sa chevelure blanche, on aurait dit une fillette.

Par terre, à côté de la couche, la poupée échappée à la main crispée avait roulé sur le tapis.

Sa mère !..... L'être vénéré comme un ange gardien, invoqué avec ferveur chaque jour ; la protectrice invisible dont elle s'imaginait si souvent sentir à ses côtés la mystérieuse présence !.....

Toujours penchée sur le divan, Sylvette ne pouvait en détacher les yeux.

Et soudain, l'impression éprouvée quelques instants plus tôt dans la chambre aux armoires revint plus intense.

Il lui sembla *se voir* à des années de distance.

Oui, cette femme étendue là, c'était son sosie, son portrait. C'étaient son corps frêle, ses traits, ses petites mains. C'était elle-même, et la personne qui la regardait n'était plus elle, Sylvette.....

C'était Eric Schwartz, son fiancé !.....

Dans un geste désespéré, la pauvre petite porta les deux mains à son front et, avant qu'aucun des assistants pût s'élancer à son secours, elle glissa évanouie sur le tapis.

. . . .

III

Quand Sylvette reprit ses sens, elle était étendue sur un canapé, dans la chambre de son père ; la vieille Emmy lui frottait les tempes avec un mouchoir imbibé d'eau de Cologne, et M. de Lange, debout près d'elle, la regardait comme il avait regardé là-haut l'autre malade.

Cette vue rendit à la jeune fille la pleine notion de ce qui s'était passé.

Elle se leva à demi sur le canapé et porta la main à son front d'un geste douloureux.

Ce fut Emmy qui parla la première d'un ton bourru.

— Ce qui est fait est fait, fit-elle. Maintenant on ne peut rien changer aux choses. Sur mon âme, je ne savais pas que vous ignoriez la vérité. James me le disait bien, mais je ne voulais pas le croire et je pensais : « Tout de même, elle n'a guère de cœur de vivre ainsi, dans la même maison, sans chercher au moins à connaître notre pauvre petite. Une mère est une mère après tout ; on ne peut pas la renier. »

Une mère ! Ainsi, c'était vrai, elle avait une mère. Mais la mort n'était-elle pas mille fois préférable à cette épouvantable chose ?.....

Un froid glacial pénétrait la malheureuse enfant, la paralysait jusqu'au cœur.

Emmy disparut quelques minutes, puis revint avec un verre d'une boisson chaude sur laquelle flottait un rond de citron.

— Avalez-moi ça, *girlie*, dit-elle de son même ton bourru, dans lequel cependant passait une note émue. On n'a tout de même pas un cœur de pierre, et vous êtes la cause bien innocente, après tout, de ce qui est arrivé ; on ne peut pas vous en vouloir jusqu'à la fin des temps ; pas plus qu'on ne pouvait lui en vouloir, à elle, de la maladie de notre pauvre lady.

Ce jour nouveau sous lequel se présentait la mystérieuse Emmy parut faire un peu diversion au douloureux étonnement de Sylvette.

— Pourquoi ne m'a-t-on rien dit ? fit-elle avec effort.

C'était la première fois qu'elle parlait depuis la terrible révélation, et sa voix était si changée que son père tressaillit douloureusement.

— Oui, pourquoi ne lui avait-on rien dit ? répéta Emmy à son tour.

— C'est plutôt à vous de nous expliquer comment cette rencontre a eu lieu.

Emmy désigna Sylvette.

— Je la croyais partie pour huit jours, comme vous me l'aviez assuré. Ne pouvant venir à bout de la petite aujourd'hui, je lui ai ouvert la porte de la chambre aux robes ; c'était le meilleur moyen de l'occuper tranquillement. L'armoire qu'on a placée chez nous est trop vite retournée, et elle s'est toujours bien amusée dans la grande chambre.

Il était visible que pour la vieille femme la malheureuse folle était toujours la fillette d'autrefois.

— C'est bien, ma bonne Emmy, laissez-nous, fit M. de Lange. Sylvia pourrait se réveiller pendant votre absence.

— C'est bon, c'est bon ; on n'a pas soigné son enfant pendant plus de quarante ans pour ne pas savoir ce qu'on a à faire. (Elle appuya avec emphase sur ces mots : *son enfant.*) Vous feriez mieux de répondre à la question de celle-ci. Pourquoi ne lui a-t-on rien dit ?

Puis, avec un regard de dédain à l'adresse de M. de Lange, la vieille femme remonta l'escalier dérobé.

Le père de Sylvette alla fermer la porte derrière elle, et la boiserie reparut intacte, ne laissant soupçonner aucune ouverture.

Pour la première fois depuis deux jours, le père et la fille se retrouvaient seuls.

Était-il possible que deux jours seulement se fussent écoulés depuis leur séparation ?

Les bras croisés, M. de Lange se tenait debout devant Sylvette.

— C'est à toi de me juger, fit-il. Ce moment devait venir, je le savais ; depuis vingt-quatre ans je l'attends et le redoute, mais je n'aurais jamais eu la force, il me semble, de provoquer moi-même cette rencontre, ni même de t'avouer la vérité.

Il fit deux fois le tour de la chambre pour revenir devant sa fille.

— Le curé est venu aujourd'hui, reprit-il. Il m'a parlé de mes devoirs de père avec insistance. Sait-il quelque chose ? Je l'ignore ; mais, après sa visite, j'ai réfléchi et il m'a semblé..... oui, il m'a semblé..... que j'aurais dû, peut-être, te prévenir plus tôt.

Sylvette tordait ses petites mains dans un geste désespéré.

— Oh ! oui, père, fit-elle de sa voix changée, comme très lointaine, oui, vous auriez dû me prévenir plus tôt, me le dire..... depuis toujours.

— Ah ! non, non, pas cela, s'écria M. de Lange. Non, j'aurais dû te prévenir avant de quitter New-York, peut-être, et encore, j'en doute. Non, non, mon devoir était de t'élever comme je l'ai fait..... Tu es maintenant une femme, Sylvette, et, j'ose le dire, une femme comme il y en a peu. Mon plan pouvait échouer ; je pouvais manquer le but. Dieu a permis que j'aie raison. Tu es une fille selon mon cœur, Sylvette ; tu as le cerveau des de Lange, tu n'as rien, rien des Pambrey.

La jeune fille regardait ses deux mains chargées de bagues ; elle répondit :

— Je suis le portrait vivant de..... cette pauvre femme qui vit là-haut.

Son père tressaillit.

— Qu'importe le physique, fit-il avec impatience. Voilà ce que je craignais, voilà pourquoi je n'ai pu, depuis près d'un an, t'introduire là-haut. Qu'importe le physique, encore une fois. Tu n'as rien des Pambrey, te dis-je..... Ah ! si tu avais connu ces poupées..... Mais, compare un peu ta vie, tes goûts, tes occupations à celles des évaporées dont l'horizon se borne à quelques mètres de chiffons, et tu comprendras la différence.

Il se promenait dans la pièce à grands pas. Sylvette reprit :

— Dites-moi tout, mon père. Cette..... cette maladie est héréditaire, n'est-ce pas, chez mes parents anglais ?

M. de Lange s'arrêta.

— Qui t'a dit cela ? fit-il brusquement.

— J'ai cru le comprendre d'après une parole d'Emmy. Ne vous fâchez pas, père. Vous me *devez* toute la vérité.

Le vieillard baissa la tête. Le prêtre ne lui avait-il pas dit, ce jour même, une parole dans ce genre ?

Il prit brusquement son parti.

— Après tout, fit-il, mieux vaut nous expliquer franchement une bonne fois. Ce fardeau est lourd, trop lourd ; combien de fois ai-je cru qu'il allait m'écraser et que je ne pourrais jamais aller jusqu'au bout, sans trouver cependant le courage de m'en décharger à demi sur toi, ma pauvre petite.

Sa voix faiblit. Il prit une chaise et s'assit lourdement, puis reprit d'une voix sourde et pressée :

— Quand j'ai épousé ta mère, elle n'avait pas seize ans. Elle vivait avec Emmy, sa nourrice, qui ne l'avait jamais quittée ; James et elle ayant perdu leur unique fille de l'âge de Sylvia, s'étaient attachés passionnément à leur nourrisson. Le vieux Pambrey s'était tout à fait désintéressé de sa fille qui, à quinze ans passés, était d'une ignorance parfaite. Il venait de mourir quand je rencontrai Sylvia dans un château de Wimbledon, chez des amis qui l'invitaient souvent pour la distraire. Sa mère vivait encore..... dans une maison de santé du Kent, où elle est morte deux ans plus tard. Je n'ignorais rien. Je savais que la grand'mère et la mère de Sylvia étaient devenues folles à la naissance de leur premier enfant..... Mais j'aimais ma fiancée, je passai outre..... Je te jure, ma Sylvette, en toute conscience, que j'ai attribué le même malheur arrivé à ta mère, non pas tant à l'hérédité qu'à son genre d'éducation. Livrée à elle-même, abandonnée aux soins de serviteurs dévoués, certes, mais incultes, elle avait poussé en petite sauvage, sans que personne prît soin de développer en elle la moindre faculté intellectuelle. Je te répète que je l'épousai à seize ans à peine et qu'elle n'avait pas dix-sept ans quand tu es née..... Vois comme tu as été élevée d'une manière différente.

Tu n'as pour ainsi dire vécu que par le cerveau..... Tu exerces une profession où bien des hommes échouent, et, par le caractère, par les goûts, tu es une de Lange. Je t'ai élevée en Amérique, je t'ai lancée dans la vie intense de là-bas, te laissant croire que tu travaillais pour vivre, bien que notre fortune te mette à l'abri du besoin pour toujours. Juge donc sainement les choses par toi-même.

— Mais pourquoi, alors, ne m'avoir rien dit ?

— J'ai d'abord attendu que tu sois en âge de voir les choses raisonnablement. Puis après..... après, le courage m'a manqué.

— Pourquoi ? Vous pensiez donc que je courais un danger ?

— Non, non. Ne crois pas cela ! J'ai reculé seulement devant le chagrin que cette révélation inattendue te causerait. J'espérais, autrefois, te marier en Amérique. Là-bas, la vérité aurait été adoucie par l'éloignement et l'amour d'un brave garçon.

Sylvette eut un tressaillement douloureux.

— Père, ô père ! fit-elle comme en une plainte. Ne dites pas que vous auriez attendu que mon cœur soit pris pour me dire cela.

— Pourquoi pas ? Tu sais bien comme là-bas on juge largement les choses et chaque personne par elle-même et non par ses ascendants..... Les événements se sont passés d'une manière différente. Le Dr Pierre est mort. C'était mon ami intime, le seul en possession de mon secret. Il a soigné ta mère avec le plus grand dévouement, m'en envoyant, sans manquer, des nouvelles chaque semaine. Lui mort, ma présence était nécessaire ici. Tu étais élevée avec l'éducation forte que j'avais désirée pour toi. Si dévoués que soient James et Emmy pour celle qu'ils aiment comme leur propre fille, ils avancent en âge, et je ne pouvais abandonner ces trois malheureux..... J'étais résolu à tout te dire en arrivant ici, puis j'ai craint tes reproches du long silence gardé, je n'osais plus..... Bien des fois j'étais sur le point de parler, et toujours une force inconnue me fermait la bouche. Je craignais ton chagrin..... Je comptais presque sur un hasard qui t'aurait mise sur la voie du mystère..... Ah ! quelle existence j'ai menée depuis près d'un an..... Le remords de mon mensonge me torturait, me rendait ta société douloureuse..... me fermait les portes de l'église.....

— M. le curé ne sait donc rien ?

— Je l'ignore..... A moins que le Dr Pierre ne lui ait parlé sous le sceau du secret.

— Mais pourquoi avez-vous toujours caché à tous cette présence avec tant de soins ?

— Par prudence. Pour être plus certain qu'aucune indiscrétion ne parviendrait à tes oreilles avant l'époque fixée par moi pour te révéler la vérité. Cette retraite était sûre ; la disposition de la maison est propice au secret ; cette porte mystérieuse a, paraît-il, aidé à sauver de la guillotine, pendant la Terreur, le curé du bourg et son vicaire.

Toujours assise, droite, sur le canapé en face de son père, Sylvette n'avait fait d'autre mouvement que de joindre ou de tordre ses mains. N'eussent été sa pâleur mortelle et l'extraordinaire changement de sa voix, on l'aurait crue d'un calme glacé.

Quand M. de Lange eut achevé son récit, un lourd silence tomba entre eux, et, sous sa froideur apparente, le malheureux tremblait, attendant avec anxiété la sentence qui allait tomber de la petite bouche serrée.

Au bout de plusieurs longues minutes, comme Sylvette ne parlait pas, il se décida à l'interroger.

— Ma petite fille, dis-moi un mot. Dis-moi que tu comprends ma conduite et la raison de mon silence.

Avec un visible effort pour parler, les mains toujours crispées sur ses genoux, Sylvette leva les yeux sur son père, des yeux désespérés qui firent tressaillir de nouveau le malheureux, et, la voix étrange qui semblait venir d'un lointain inconnu, elle prononça :

— Votre silence était criminel. Il me tue plus sûrement qu'avec un poignard..... Il m'a laissé prendre mon cœur, et c'est pire que la mort.

Ses yeux fixes étaient sans larmes. Elle se leva et se dirigea vers la porte.

Après avoir essayé en vain de la retenir, M. de Lange la suivit jusqu'à sa chambre, où elle entra en disant :

— Je vous en prie, laissez-moi seule ; j'ai besoin d'être seule un peu.

— Sylvette, mon enfant chérie, par pitié, parle-moi ; que veux-tu dire ?

— Je veux dire que j'étais revenue aujourd'hui pour vous annoncer une nouvelle.....

Elle s'arrêta à bout de souffle.

— En effet. Ces tragiques événements m'ont fait perdre la tête. Comment te trouvais-tu ici ?

— J'étais revenue vous annoncer mes fiançailles avec l'homme que j'aime..... que je n'aurais jamais aimé si j'avais su la vérité.

— Comment ? Qu'en sais-tu ? On ne commande pas à son cœur.

— On commande à son cœur quand depuis toujours on oriente sa vie vers un devoir..... vers *le devoir*..... Et le devoir, pour moi, c'était de ne jamais aimer.

— Ma Sylvette ! Alors tout ce que je t'ai dit est inutile ? Mon assurance, mon expérience ne te servent à rien ?

La jeune fille secoua la tête d'un air lassé et répéta seulement :

— Par pitié, père, laissez-moi seule.....

Et quand il se fut retiré, M. de Lange entendit le bruit d'une clé tournée dans la serrure.

Pris d'un désespoir sans nom, du désespoir de ceux qui ne savent pas s'appuyer sur la force divine, il s'arrêta dans le corridor.

Alors il se souvint d'un homme que l'on peut appeler dans toutes les détresses.

Il descendit à la cuisine, où Marguitte, ignorante du drame qui venait de se passer au-dessus de sa tête, préparait tranquillement le dîner, et d'une voix changée aussi, au timbre vieilli et cassé, il dit :

— Vite, allez vite chercher M. le curé.

. . . .

IV

Le père et la fille ne se revirent pas ce soir-là.

Sylvette n'ouvrit sa porte qu'en reconnaissant la voix du prêtre accouru en toute hâte au prieuré.

Pendant plus d'une heure, ils causèrent dans le secret du studio, puis la jeune fille sonna Marguitte pour reconduire le vieillard, et s'enferma de nouveau chez elle.

Et la nuit tomba lentement, lourdement ; les ténèbres envahirent la grande pièce où la pauvre enfant, grelottante, réfléchissait dans un fauteuil.

Assez tard dans la soirée, elle appela la servante, demanda de la lumière et du feu, puis, quand Marguitte se fut retirée en la suppliant en vain de prendre quelque chose, elle s'assit devant son bureau.

De longues heures se passèrent.

Tantôt la plume courait sur le papier et tantôt le pauvre front retombait lourdement sur la main tremblante aux doigts de laquelle aucune bague ne brillait plus.

Pas un instant Sylvette n'avait pleuré ; ses yeux secs semblaient lui brûler les paupières.

Après avoir noirci de nombreuses feuilles blanches, elle les lut, les relut, réfléchit de nouveau, puis les jeta dans la cheminée où flambaient de grosses bûches.

Plusieurs fois la jeune fille recommença ce manège.

La plume semblait courir trop vite à son gré. Elle rayait des phrases, déchirait des pages.

Quand minuit sonna à la petite pendule, Sylvette se leva, fit le tour de la pièce, alla dans la chambre voisine se verser un verre d'eau qu'elle avala d'un trait, puis revint à son bureau.

Un nouvel essai parut la satisfaire.

Elle prit une feuille de papier à lettre et transcrivit le brouillon :

Cher Monsieur Schwartz,

M. le curé vous dira lui-même l'affreuse vérité. Pardonnez-moi de vous avoir involontairement trompé et oubliez-moi.

Je prierai Dieu chaque jour de vous donner la part de bonheur qu'il me refuse. Il m'exaucera, je le sens, et vous trouverez bientôt sur votre route celle qui doit vous rendre heureux.

S'il vous reste un peu de pitié pour la malheureuse que je suis, n'essayez pas de me revoir. Ce que M. le curé est chargé de vous dire est *irrévocable*. Rien au monde ne pourra changer ma résolution.

Je veux ici vous remercier du grand honneur, du grand bonheur que vous m'avez donné en me choisissant, et j'ai la ferme espérance qu'un monde meilleur nous réunira.

Sylvette de Lange.

Elle mit cette lettre sous enveloppe, la cacheta, écrivit l'adresse.

Puis la plume glissa de ses doigts raidis, sa tête retomba sur le dossier du fauteuil et sans une plainte elle s'évanouit.

Elle n'avait pas versé une larme.

V

Le mois d'août est revenu dans toute sa splendeur.

Auprès de la fenêtre de sa chambre, grande ouverte sur la vallée, Sylvette est étendue sur une chaise longue.

La maigreur de son corps menu disparaît sous les plis flottants d'une longue robe de laine blanche, et ses cheveux coupés courts bouclent autour de son front pâli.

Assise auprès d'elle, Guillemine crochette un ouvrage de laine, s'interrompant de temps à autre pour sourire à la petite convalescente.

Sylvette a été très malade, une fièvre cérébrale a failli l'emporter, et dans son délire elle n'a réclamé que Guillemine.

Celle-ci est venue s'installer à son chevet, l'a soignée comme une mère et sauvée, car le docteur d'Epinal et le médecin célèbre appelé de Nancy ont déclaré que, sans ces soins assidus de jour et de nuit, c'en était fait de la pauvre Sylvette.

Maintenant, la jeune fille reprend des forces avec l'appétit, et un peu de rose commence à paraître sur ses joues amaigries ;

seulement un air de suprême lassitude dans ses mouvements alanguis remplace l'énergie de ses anciens gestes.

On dirait que Sylvette ressuscite avec une autre âme.

Quelque chose cependant de sa décision de jadis reparaît un instant quand elle adresse tout à coup la parole à Guillemine.

— Ma chère amie, dit-elle en se soulevant à demi, laissez-moi vous parler aujourd'hui ; je vous assure que j'ai la force de le faire.

Guillemine n'essaye plus de protester ; elle sait qu'un jour ou l'autre il faudra en venir là, et que maintenant, du reste, le plus tôt sera le mieux.

— Je n'essaye pas de vous remercier, ma chérie, c'est impossible, continue la petite malade.

Mais ici, Guillemine lui ferme la bouche d'autorité.

— Parlons donc de l'avenir, reprend Sylvette. C'est, entre nous, à la vie, à la mort, ma Guillemine.

Elle s'arrête un instant, un peu haletante ; sa voix est restée changée, toujours comme très lointaine.

— Je désire reprendre tous mes devoirs..... sans exception. Mais, auparavant..... auparavant, il me faut partir un peu. Emmenez-moi, Guillemine.

— Mais oui, ma chérie, où vous voudrez. Où voulez-vous aller ?

— Je ne sais pas, peu importe, pourvu que ce soit très loin..... Il me faut, voyez-vous, un grand changement..... un changement total de scène, de milieu.

— Nous irons où vous voudrez, Sylvette.

— J'aimerais voir Rome, visiter les catacombes, les lieux témoins des souffrances des premiers martyrs..... Je reviendrais peut-être avec un peu de leur courage..... J'ai si peu de courage, maintenant, si vous saviez !

— C'est la faiblesse. Le courage reviendra avec les forces..... et le bonheur.

— Ne prononcez jamais ce mot pour moi, Guillemine.

— Pourquoi ? Je suis chargée d'un message. C'est peut-être un message de bonheur..... Aurez-vous la force de l'entendre ?

Les yeux de Sylvette s'ouvrirent tout grands, avec effroi.

— De quoi parlez-vous, Guillemine ? fit-elle. Si c'est..... si c'est de ce que vous savez..... par pitié, épargnez-moi. Il est un nom que je ne *puis* plus entendre prononcer jamais.

— Pourquoi ? répéta Guillemine en se penchant pour prendre la petite main tremblante. Quelqu'un m'envoie vous dire : Sylvette, mon cœur n'a pas changé ; le malheur, s'il est possible, me rapproche de vous ; je prends pour miennes vos peines comme vos joies, vos devoirs comme vos souffrances.

Sylvette avait retiré sa main de celle de son amie et se voilait le visage.

Guillemine poursuivit :

— Ce quelqu'un est ici depuis bien des semaines. Il attend avec impatience le bonheur de vous revoir. Que dois-je lui répondre ?

Par un retour d'énergie, Sylvette se redressa.

— Répondez ce que vous répondriez si vous étiez à ma place, fit-elle simplement.

Guillemine tressaillit sous le regard fixe qui semblait l'interroger.

— Oui, reprit Sylvette, je sais ce que vous pensez. Vous êtes de l'avis de M. le curé, de tous les gens sensés..... Puis-je l'exposer, lui, au malheur de mon père ? Exposer les enfants que nous pourrions avoir à l'affreux malheur qui bouleverse ma vie ? Non..... Vous savez bien que c'est impossible.....

Puis, comme son amie se taisait toujours, la malade continua :

— Guillemine, que pensez-vous de la conduite de mon père à mon égard ?

— Je pense qu'il vous a aimée, qu'il vous aime profondément, comme il vous l'a prouvé en vous consacrant sa vie..... Que sa manière d'agir ait été maladroite, nous n'avons pas à la discuter, mais, au moins, nous devons reconnaître qu'il n'a pas agi en égoïste.

Depuis sa maladie, Sylvette semblait éprouver une sorte d'éloignement pour son père, qu'elle ne demandait jamais à voir et dont elle paraissait supporter difficilement la présence.

La jeune fille avait raison : un éloignement momentané s'imposait.

Au bout de quelques instants, elle parut se calmer un peu.

— Oui, je sais qu'il m'aime, reprit-elle. Il est mon père comme..... l'autre..... est ma mère..... Je connais mon devoir, il est tout tracé..... Si je vis, je dois soigner mes parents, rendre heureux leurs derniers jours..... N'est-ce pas votre avis, mon amie ?

Pour toute réponse, Guillemine entoura de ses bras la petite forme frêle qui s'abandonna à sa maternelle étreinte.

VI

Si monotone que soit le fil des jours, ceux-ci finissent par faire des années.

Si profonde que soit une douleur, elle arrive à s'atténuer. Les orages du cœur, comme ceux de l'atmosphère, ne peuvent durer toujours, et les ciels sereins succèdent aux plus violentes tempêtes.

Dieu l'a voulu ainsi dans sa miséricorde, dans sa pitié pour l'humaine faiblesse.

Depuis l'orage familial qui bouleversa la vie du Roc-aux-Moines, cinq ans ont passé.

Nous retrouvons Sylvette dans son studio.

Physiquement, elle a peu changé ; du moins a-t-elle repris sa physionomie d'avant sa grande maladie.

Moralement, nous retrouvons une femme mûrie par le chagrin, fortifiée par l'épreuve chrétiennement supportée, adoucie par la souffrance.

D'abord le merveilleux voyage d'Italie acheva ce que les sages exhortations de l'humble curé de campagne avaient commencé : il calma la première exaltation de la douleur.

En la compagnie de Guillemine, la jeune fille put jouir du séjour dans la patrie des arts, s'imprégna du souvenir des premiers chrétiens aux lieux mêmes où ils ont vécu.

Parties en septembre, elles visitèrent Rome, l'enchanteresse

Venise, et passèrent deux mois à Florence, la terre de beauté.

Une Sylvette transformée, revenue à une vie nouvelle, rentra au Roc-aux-Moines.

Maintenant, malgré les épreuves passées et présentes, on peut dire que le bonheur habite le prieuré.

Oui, le mot n'est pas trop fort.

Qu'est-ce que le bonheur, après tout ?

Une femme de lettres française n'a-t-elle pas trouvé la vraie réponse à cette question ?

« Le bonheur, a dit Delphine Gay, n'est pas une belle grosse pierre précieuse qu'il est impossible de trouver. C'est une mosaïque composée de mille petites pierres qui, séparément et par elles-mêmes, ont peu de valeur, mais qui, réunies avec art, forment un dessin gracieux. »

Sylvette a éprouvé la vérité de ces paroles.

Sans s'attarder à pleurer un amour, un avenir que la raison lui interdisait, elle se mit courageusement à remplir le devoir tout tracé devant elle, et bientôt elle s'aperçut que ce devoir, aride en apparence, cachait bien des douceurs.

D'abord, elle découvrit la tendresse de son père.

Sous sa froideur apparente M. de Lange aimait profondément sa fille, et celle-ci vit bientôt, quand rien ne les sépara plus, que son père avait vécu uniquement pour elle, pour former son esprit et son caractère, sacrifiant à ce but son pays, ses habitudes, ses goûts.

Puis, même chez la pauvre insensée, cette présence nouvelle, le contact de sa jeunesse, parut faire une impression salutaire.

La répugnance que Sylvette éprouvait les premiers jours au contact de la malheureuse fut vite vaincue, et après quelques mois les rôles étaient changés ; elle aimait cette femme, non comme sa mère, mais comme son enfant.

La vie du vieux James et d'Emmy est transformée depuis cinq ans. Sans reprendre contact avec le monde, détesté surtout par la vieille misanthrope, ils en ont maintenant quelques échos apportés par la gracieuse fée qui réjouit leur solitude. Celle-ci a entrepris de faire le catéchisme aux deux vieillards, et ne désespère pas de les amener un jour à sa foi.

Quant à M. de Lange, comme il le dit lui-même, maintenant que le remords d'un mensonge ne l'éloigne plus de l'église, il a repris avec joie toutes les pratiques de son enfance.

Mais la suprême consolation de Sylvette, c'est Guillemine, sa confidente, son âme-sœur, Guillemine, toujours la même, affectueuse et dévouée pour celle qu'elle appelle son enfant, celle qu'elle a, non seulement arrachée à la mort, mais encouragée au contact de sa vaillance.

Mme Humblot et Mme Schwartz sont mortes toutes deux à quelques mois de distance, mais le digne curé vit toujours.

Il a maintenant un vicaire pour l'aider dans une tâche devenue bien lourde ; sa vieillesse est heureuse à la vue de l'œuvre entreprise par les deux amies.

L'atelier rêvé par Sylvette et Guillemine est en pleine prospérité ; toutes les brodeuses de Bourg-Saint-Mathieu y ont trouvé un emploi.

Comme rien n'est tel que le succès pour conquérir la foule, devant les heureux résultats de cette entreprise, la petite ville a adopté Sylvette.

Ce soir, nous retrouvons celle-ci devant sa table à écrire.

La lourde tâche du jour est terminée.

Depuis la première messe, des occupations multiples ont pris chacune de ses heures.

Visite des pauvres, des ateliers, leçons de broderie et de dessin, puis devoirs à remplir auprès des divers habitants du prieuré.

Maintenant, c'est l'heure du studio, l'heure de l'étude et du travail solitaire.

La fidèle Marguitte vient de jeter dans la pièce un coup d'œil discret pour voir si rien ne manque à sa jeune maîtresse avant de se retirer pour la nuit.

Et la plume court sur le papier.

Sylvette ne voulant pas abandonner son travail littéraire, cette heure tardive est la seule à laquelle elle puisse s'y livrer pour ne négliger aucune de ses autres tâches.

« Tout pour le devoir » pourrait être la devise de cette vie austère. Elle sait que les joies du monde ne sont pas faites pour elle et se contente du lot accordé par Dieu.

Le passé est bien mort, et s'il lui était resté, par hasard, un timide espoir inavoué, celui-ci, à son tour, serait enterré à jamais.

Eric Schwartz a épousé, l'année précédente, Méta, la petite harpiste.

10 heures sonnent à la pendulette placée sur la cheminée, Sylvette pose sa plume et croisant ses deux mains derrière la nuque, réfléchit un instant.

L'excitation causée par le travail intellectuel anime ses joues, fait briller ses yeux.

C'est maintenant l'heure du repos, mais elle ne s'attarde pas en de longues rêveries.

Son regard se pose avec une sorte de tendresse sur les nombreux livres qui sont venus, peu à peu, remplir les rayons placés le long des murs.

Ce sont les fruits de son labeur, car c'est avec une partie de l'argent gagné qu'elle se procure ces fidèles amis.

Elle se lève et va à la fenêtre.

C'est la nuit, la douce nuit bleue des Vosges toute piquée d'innombrables points d'or.

Une paix infinie plane sur toutes choses.

Comme autrefois dans le gratte-ciel de New-York, Sylvette fait sa prière devant les étoiles amies qui brillent ici de tout leur éclat, car nul globe électrique ne vient les obscurcir.

Elle dit à Dieu, qu'elle sent tout proche, sa prière confiante, comme le petit enfant s'adresse à son père.

Sa tâche présente lui suffit. Elle sera probablement encore très longue ; aussi ne s'inquiète-t-elle pas de l'avenir.

Mais parfois elle se demande ce qu'il adviendrait d'elle si cette tâche venait à disparaître trop tôt.

Alors, devant sa pensée, passe une vision vague, très lointaine.

Et c'est la coiffe aux ailes de colombe d'une Sœur de Charité.

41152. — Imp. P. Fasson-Vaxu, 3 et 5, rue Bayard, Paris VIII

www.ingramcontent.com/pod-product-compliance
Ingram Content Group UK Ltd.
Pitfield, Milton Keynes, MK11 3LW, UK
UKHW021107220726
13924UKWH00004B/1559